戲言系列 0

西尾維新

NISIOISIN

Illustration
take

絕妙邏輯 上

兔吊木垓輔之戲言殺手

目次

＊「第二天（２）……感染犯罪」之後是下集內容。

Book Design Hiroto Kumagai
Cover Design Veia
Illustration take

登場人物簡介

玖渚友（KUNAGISA TOMO）——《死線之藍》。

鈴無音音（SUZUNASHI NEON）——監護人。

我（旁白）——十九歲。

斜道卿壹郎（SHADO KYOICHIRO）——《墮落三昧》。

大垣志人（OGAKI SHITO）——助手。

宇瀨美幸（UZE MISACHI）——祕書。

神足雛善（KOUTARI HINAYOSHI）——研究員。

根尾古新（NEO HURUARA）——研究員。

三好心視（MIYOSHI KOKOROMI）——研究員。

春日井春日（KASUGAI KASUGA）——研究員。

兔吊木垓輔（UTSURIGI GAISUKE）——《害惡細菌》。

哀川潤（AIKAWA JYUN）——承包人。

石丸小唄（ISHIMARU KOUTA）——超級小偷。

零崎愛識（ZEROZAKI ITOSHIKI）——入侵者。

天才的另一面，
顯然是引發醜聞的才能——
——芥川龍之介

「你其實是討厭玖渚友的吧？」

兔吊木冷不防、毫無預警和前言，極度自然且極度必然，沒有任何迷惑，沒有任何停頓，甚至沒有剎那猶豫和一絲顧慮，卻也並非特別強勢倨傲，既像抬舉又像鄙視，就這麼輕描淡寫、爽朗乾脆、理所當然地直言不諱。

我沒有回答。

只是默不作聲地凝視這名曾經被稱為「害惡細菌」（Green Green Green）的男子眼鏡後方。只是一語不發，只是默無一言，宛如跟這名男子對峙般地迎面互視。

兔吊木彷彿一開始就不期待我會回答，若無其事地續道：

「總而言之——對你而言，我認為她的存在甚至可說是『憎惡』這種概念，是你厭惡的對象。厭惡，對，就是厭惡，你沒辦法否定吧？當然不可能否定。你可別跟我說，你從來沒有『要是玖渚友不存在就好了』的念頭喔。我不是指『我本人』希望玖渚不存在，你肯定不容許這件事，這也是不可容許的。沒錯——只要少了那『死線之藍』（Dead Blue），你縱使稱不上幸福，至少也能過稍微正常一點的人生。」

我沒有回答。

「——你想過嗎？你那被終極研究機構『ＥＲ３系統』視為特殊人才的腦漿，只比人類最強的紅色承包人略遜一籌的腦髓，有至少想過一次嗎？玖渚友為何被我們這群人冠上『死線之藍』這種極其騷亂不吉的稱號？箇中理由究竟為何？」

我沒有回答。

「沒錯，就連這點程度的疑問，就連基於這點程度的些微興趣與少許好奇心，而進行思考的渺小疑問，都沒能讓你動心思考。這並非對玖渚友的『逃避』，也不是『敬畏』，更不是『恐懼』，你究竟是想強調什麼？你的人生是對玖渚友的逃亡，打從第一次見到她就開始的逃亡大會。舉例來說，你回想看看就知道了，只要回想與她相遇前的自己就能明白。沒遇見她時，你儘管也無法昂首宣言『看吧！這就是我』，至少還能毫不自慚形穢地主張『自己』，擁有未跟他人混雜的真實『個體』吧？」

我沒有回答。

「舉例來說，就連我本人——兔吊木垓輔也被冠上『害惡細菌』這種違反事實，極度不名譽的蔑稱；話雖如此，比起玖渚友的『死線之藍』終究好了數倍、數十倍、數百倍，好到讓我痛哭流涕。例如你好像也知道的綾南豹，單純以規格來說，比玖渚友更加凶狠的那個探索者得到的名號也不過是『凶獸』（Chita）。哎呀呀，哎呀呀呀呀，更重要的是——更重要的是你有沒有思考過呢？那個當時不過十四歲，現在也未滿二十的玖渚友，應該稱為少女、幼女或童女的柔弱女性，為何能夠成為我們的領袖？身為工程師，玖渚友確實擁有卓爾不群、出類拔萃的能力……不，是**戰力**，可是在那群成員裡，在我們之中絕非傲視群雄的冠軍。話雖如此，她無疑是我們的領袖。除了她以外，我們的領袖別無他人。對於這件事，你從來沒有感到奇怪嗎？」

我沒有回答。

「——因為我們所有人都知道，因為我們所有人都明白。姑且不管玖渚友之外的八名成員是如何看待其他成員，可是我們所有成員都非常清楚，我們自己，自己本身這個存在若想跨越這條『生死之線』，鐵定是百分之一百的不可能。就連那個超級自我中心、絕不承認任何凌駕自己的存在和自己之外的概念、挑戰欲念與超越意識的具現者——日中涼，唯獨這點她也必須承認。因此『死線』……不，或許可能超越吧，應該可以超越。超越本身是輕而易舉之事，我不知道其他七人怎麼想，也不想知道，但至少**本人**有辦法超越。只要模擬一下，這是很簡單的，但我並不想跨越『死線』。說得更直接、更露骨一點的話，我**絕對不想跨越**，這種事連想都不願意想啊。與其到前方後悔莫及，不如一開始就選擇後退。我們察覺前方是禁止進入的異度空間，所以才有這種自覺。正因如此，正因如此才叫『死線之藍』，就是這麼一回事……你也見過她哥哥玖渚直吧？」

我沒有回答。

「我跟他實際接觸的次數不多，但也很清楚他是非常正經、正常的人。你知道這代表什麼意思嗎？幾乎基於相同基因所生的玖渚直和玖渚友，造成兩人如此截然不同的原因是什麼？這代表這種情況並非是什麼基因、DNA等先天性因素所致，朝這種方向尋求解答毫無意義。換言之，玖渚友是特殊突變。特殊中的特殊、特異中的特異、異常中的異常，這就是她——玖渚友。而且脫序到讓人誤以為是玩笑，惡質到讓人無法視之為玩笑，就是這種類型的特殊突變，無法比擬的變質。你個性格其實也頗為古怪，不過你也不認為自己比玖渚友怪異吧？跟她比起來，你勉強、勉勉強強還算正常人的範圍，雖然對你而言，這或許是非你所願之事。」

我沒有回答。

「舉例來說，倘若人類最強這個媒介者代表『停止』，任誰都會同意吧？鐵定不會有人想出聲反對。歸根究柢來說，紅光所代表的就是這麼一回事；然而，玖渚友不是紅，反而是居於相對位置的藍，她是容許一切、許可所有事物，爽朗得令人會心一笑，猶如健康天空般的湛藍。話雖如此，她的存在卻為我，為我們，以及為你喚來永遠的停止，我說得沒錯吧？結果你一步都沒跨出。從與她相遇的那一剎那到現在的六年間，你沒學會任何道理、沒獲得任何事物、沒破壞任何東西、甚至無法愛上任何人，最後既無法發現任何東西，亦無法捨棄任何東西，這段毫無變化的六年歲月就這麼無為、無意義、無目的、無意識地停頓。你一直處於停止狀態，我說得沒錯吧？」

我沒有回答。

「正因如此，對你來說，『死線之藍』是厭惡的對象，是怨恨的對象，是殺意的對象。理論上來說，就是這麼一回事。她是徹底改變你一生的存在，不！不對……她是徹底**沒有改變**你一生的存在，是不容許改變的存在。而你當然也不是愚蠢、庸碌、卑鄙的人類。正因愚蠢才敏銳，正因庸碌才聰穎，正因卑鄙才機靈。不到一年，你就發現這難以辯駁的事實，發現『死線之藍』對你而言是『危險因子』（killer application）（註1）。因此你逃走了，所以你逃走了，是故你逃走了。為維護自身安全，你化為單純的記號，逃向那出乎意料的龐大系統。我對此沒有妄加置喙、大肆批判的資格，這是你的自由。你至少也擁有自由，我對此表示尊重；可是，就連這種逃亡，就連這種『逃亡』的形式，都無法替你帶來變革，你最後又跟原來一樣，待在玖渚友身旁。就跟六年前一樣，守在玖渚友身邊。你也想過吧？你也思索過吧？所以你比任何人都清楚吧？只要沒有玖渚友，只要少了玖渚友，只要不去看這條生死之線。」

只要不去看。

只要不去看，究竟會變得如何呢？

我沒有回答。

「倘若你沒有『識人的眼光』……雖然這種事只是，這不過是過度誇大的妄想，不過是既快活又無趣的妄想。若非妄想，就是戲言嗎？你不但看見了生死之線，也遇上了玖渚友。假使只是如此倒也還好，雖然倒楣，至少還不算太糟；然而，最慘的是你不但愛上了她，更誇張的是，她也愛上了妳。這堪稱空前絕後、前所未聞、前所未有的最大不幸。你對此大概亦有所自覺，不過我可沒聽過比這更倒楣的事了。這世上沒什麼比男女相愛更不幸的事了，你們這種罕見存在間的愛情更是如此。你自己也這麼認為吧？因為你愛她的心意，因為她愛你的心意，迄今到底造就多少犧牲者？你們周

1　作者在原文中對許多漢字附加隱喻性的假名，例如此處的「危險因子」一詞使用「killer application」（殺用級應用軟體）。

團究竟有多少人因此受傷倒下，就此埋沒而逝呢？」

我想起了她們。

以及他們。

我沒有回答。

「只要稍微回顧你的人生，隨便想想，就足以證明此事。就算不回顧，就算不去想，大概也能夠證明。只要稍微回想一下自己的人生。以牙還牙、以眼還眼、血債血償，這就是你一路走來的人生。嗯，還真是象徵性十足。沒錯，就是『象徵』……以象徵來說，剛才也略微提及的『凶獸』——綾南豹。在我們之間，他是唯一跟玖渚友同齡的少年，結成『叢集』（Cluster）時十四歲。換言之，就背負『年輕天才』的十字架這點而言，他跟『死線之藍』是同類者，雖然不是『正因如此』的必然，不過他在成員中與玖渚友最為親近，是最親近的存在。我跟綾南豹原是敵對立場，因此由我這個第三者來說或許不太恰當，但『凶獸』鐵定是愛上了『死線之藍』。不但為伊痴狂，而且捨不得移開目光。天才總是孤獨而高傲，但並非所有天才都愛這種孤寂。同袍意識……同類意識……同族意識……或是同屬意識，你想怎麼稱呼都無妨。總而言之，就是這麼一回事。你想必也從玖渚友那聽說過綾南豹的搜尋能力，不必我在此多加說明吧？」

我沒有回答。

「加上領袖玖渚友共計九人，倘若缺少任何一位，我們這個集團大概都不會成立，可是其中的核心人物就是玖渚友，以及綾南豹。假如玖渚友是CPU，綾南豹就是顯示器。當然九名成員皆是不同範疇、不同種類的人物，因此無法輕易斷言誰最重要，誰是第二優秀的這類序列（hierarchy），對我們而言，這種事亦無須討論；可是，綾南豹之所以迷戀玖渚友，就某種意義來說乃是必然。箇中道理你也曉得吧？正因為是你，才能明白吧？或者該說只有你才能明白？所以，問題來了。你認為玖渚友有沒有回應綾南豹的情意、心靈、話語呢？」

我沒有回答。

「答案是否定的。玖渚友完全沒有回應綾南豹。你很意外吧？你肯定很意外，至少這對你來說是出乎意料之事，而且這大概不是你所樂見的。因為玖渚友對你採取的所有行動，其背後所代表的意義，都將被此一事實，被這個單一的事實改變，整個推翻……啊！『顛覆』這種形容方式也很不錯。不過，這方面的瑣事就不在我的知識範圍內了。總之，結論就是玖渚友並未接受綾南豹的心意，而綾南豹那個快活天才大概一開始就預料到這種結果。他並未逾矩地接近玖渚友，接近玖渚友時……並未逾越必要限度。話說回來，他也並未幹出你現在做的這種既愚蠢又可愛的行為，他並未故意跟死線保持超出必要的距離……嗯，現在跟以前都是如此。即使被『死線』親手送進監獄，『凶獸』仍未與玖渚友斷絕來往。不知是心有眷戀、缺乏男子氣慨或是其他原因……不，或許以上皆非吧？那種毛頭小子本能上知道——孤獨並非自己一人的所有物。可惜到了我這種年紀，這種事就很容易忘記……這麼說來，你跟玖渚友，還有綾南豹都是同年嘛？是十九歲嗎？」

我沒有回答。

「既然如此，你本能上也應該知道，應該知道孤獨和高傲的差別，知道異端和末端的差異。對，你在這方面的想法基本上是正確的。本人兔吊木垓輔就讚你一句『答得妙』，送你一束正確解答的鮮花。你對這方面無須抱持疑慮，基本上也沒有這種餘地，你大可放心。你現在有其他事必須煩惱，而且還不是一件。我覺得凡事皆是如此，許多事情在許多地點同時爆發絕對是難以處理的狀況；不過，本人可以在此預言——你迄今雖然走過悲慘淒涼、多災多難的人生，但延伸向未來的淨是一片沙漠，布滿比現在更多的阻礙磨難。」

兔吊木究竟想說什麼？

我不知道。

我沒有回答。

「跟玖渚友同舟共濟逾四年的本人——兔吊木垓輔，能夠給予你的忠告也只有這個。一點都不誇張，我除此之外無話可說。千萬別求我帶你逃離玖渚友，我也莫可奈何，畢竟我沒有跨到**你們那一邊**。你已經越過了生死之線，所以縱使是本人，縱使是綾南豹，都無法給你任何建言。若有任何能夠對你說的話語，也只剩安慰——『晚了一步』、『真可惜』、『真可憐』這些。」

兔吊木是有什麼不想說的嗎？

我不知道。

我沒有回答。

「你在很久很久以前，在遙遠的過去、永遠的昔日既已結束。你已經終結、終結、終結了。這換句話說，就是走到盡頭了。至於你自己有沒有發現，有沒有自覺，有沒有意識，從我的角度都無從判斷，不過這或許是好事一樁，我想這或許是好事一樁。對你來說也許很殘酷，但基本上我是玖渚友的戰友。雖然她並不迷戀我，可是我很迷戀她，我愛上了那個比我小一輪的少女。所以，只要玖渚友幸福，我就可以接受，就算這代表某人將因此不幸。不過，你的想法也是如此吧？你也跟我和綾南豹一樣，只要玖渚友幸福，其他一切——甚至包括自己——都覺得無所謂。」

我沒有回答。

「這沒有什麼好羞愧的，沒有一絲絲、一點點值得不好意思的。這正是玖渚友她的魅惑力和吸引力，與『敬畏』和『崇敬』這類美麗的詞藻完全契合，完全契合，完美無缺。正是如此，說得誇張一點，她甚至是某種宗教的膜拜對象。而且不論我也好，你也好，如果跟玖渚友相比，我們都是不值一哂的草芥，是生是死都不重要。我這麼講既非自卑，亦非謙遜。倘若她是一，我們就是千兆分之一，倘若我們是一，她就是千兆。為了她的幸福，犧牲一、兩人，或者大量人生因此『停止』都算不了什麼，真的是微不足道的芝麻小事。最大多數的最大幸福這種詞彙不在我的字典裡，這種詞彙在她面前不算語言。對你來說想必亦是如此，非得這樣才行。」

我沒有回答。

「『死線之藍』呼喚我們，以她悅耳的聲音呼喚我等前哨兵。只要凝神傾聽，此刻亦可聽見她高貴的呼喚——『讓地獄這種地獄成為地獄吧，讓虐殺這種虐殺成為虐殺吧，讓罪惡這種罪惡成為罪惡吧，讓絕望這種絕望成為絕望吧，讓混沌這種混沌成為混沌吧，讓屈服這種屈服成為屈服吧。無須顧忌，無須畏懼他人。吾人應對這美麗世界自豪。此處是死線的寢室，死線容許一切，大鬧一場吧——』這不是很扣人心弦嗎？全身都要起雞皮疙瘩了。她是徹頭徹尾的支配者，別說將世界操控於股掌之上，世界對『死線之藍』而言，根本是拋棄式玩具，只存在到被她厭倦之前，我本人當然亦是如此。對她而言，我不過是一文不值的玩具。而你對她而言又是如何，就不在我的所知範圍內了……不過，正因不知道，才想問你吧？喏，對她來說，你到底是什麼玩具？」

我沒有回答。

「我們一定要是她的道具喔。我再重申一次，這沒什麼好羞愧的，因為能夠成為她的道具，就足以稱譽全球。根本不必為此頹喪，你可以再有自信一點，奴隸也有奴隸的喜悅。向我耀武揚威一下吧？告訴我『對玖渚來說，我比你更有用，如何？很厲害吧？』我至少還有這點程度的雅量，你幹麼在那裡磨磨蹭蹭？就算被她丟棄，都是一件很光榮的事啊。就連被她踐踏，都是一件很威風的事啊。你究竟在羞愧什麼？」

我沒有回答。

「本人——害惡細菌曾經遵照她的命令，蹂躪這個世界。與『凶獸』、『雙重世界』（Double Flick）一起對世界興起革命。並非想成為英雄，並非想被喚為惡魔。我們抱持的希望只有一個……我們抱持的希望只有一個。想成為『死線之藍』的助力……想為她而生。句句實言，不過如此而已。改變世界的偉業也好，竄改歷史的奇蹟也罷，對我來說都毫無意義。就算毀壞舉世聞名的惡魔館，也不會滿足任何正義感，就算撕裂無辜婦孺肉體，也不會湧現任何罪惡感。就算奪得大量寶物，也不會滿足任何欲望，就算讓賺人熱淚的悲劇以喜劇收場，也不會湧現任何感慨。對我來說，這些事根本無關緊要。我的目的是，我的目的是……不對，我的**理由**從頭到尾就只有一個。無須抉擇、不必猶豫地只有一個。無庸置疑、不容分辯地只有一個。那就是讓她快樂，讓她歡喜。我以『害惡細菌』之名——為她破壞一切。破壞一切，對毀壞之物進行二次破壞，對二次破壞後的毀壞之物再次進行破壞。為了她，我什麼都幹得出來，你想必也是。只要是為了她，你什麼都肯做——只要是為了她，你願意捨棄一切。只要是為了她，你願意毀滅世界。只要是為了她……你甚至願意殺死自己，我說得沒錯吧？」

我沒有回答。

「可是……重點來了！可是這個假設性的解答，必須在玖渚友能獲得幸福的大前提下才能成立。定義幸福這種曖昧概念者終究是玖渚友本人……不過就算如此，對結果也沒有影響。正如我迷戀玖渚友，而且你不但愛上了玖渚友，玖渚友也愛上了你。就我的觀察，雖然只是一種臆測，不過為了你，她大概什麼都肯做。只要是你的要求，她都能答應。不論你做了什麼，她都能原諒。假使你叫她去死，她應該就會自殺。正如你對她很忠實，她對你亦很忠實，這也才叫兩情相悅。只是這麼一來，也可以想成這樣——假設你跟『死線之藍』是一種互補循環的人際關係，那麼正如你跟玖渚友在一起而停止了自己的時間，玖渚友的時間不也因你而停止了嗎——」

我。

我，我……

我沒有回答。

「誠如剛才所言，這當然只是假設。沒有任何線索，不顧解答而思考的假設。話雖如此，這是具有相當真實性，值得思考的假設。就算幸福與否均是由當事人定義，對當事人而言，他人的觀察結果只是無謂妄言，甚至連多管閒事都稱不上；可是自己親手停止自己的自殺未遂行為，也不可能有幸福的意味。正如你做什麼都不可能幸福，玖渚友或許亦無法體會幸福的本質吧？正如玖渚友這個存在對你而言就是原因，你這個存在對玖渚友而言或許亦是原因吧？既然如此，『停止』將不斷循環、迴旋，通過你再回到玖渚友。如此一來，死線不就跨越自己，陷入僵局了嗎？只要她跟你在一起就無法避免，只要有你這個存在就必然如此。」

我。

我，我……

我沒有回答。

「然而，最可怕的是，這並非消除你就能解決之事。舉例來說，我現在殺死你好了，兔吊木垓輔現在殺死你。這可未必是欠缺真實感的假設喔。正如剛才所言，為了『死線之藍』，我甚至不惜殺人。就最低程度而言，至少我就是如此迷戀她。所以，假設我將你這個存在抹消、斬除得一乾二淨。可是……可是這同時也意味著我抹消了玖渚友這個存在，將暫時停止的東西變成永遠停止，只不過如此。不但沒有改善情況，反而讓事態惡化。這是很恐怖的事，這是很駭人的事。若想維持最佳狀況，就只能保持現狀，但這個最佳狀況正是最差狀況，而且絕對找不出次佳的方法。你已經終結了，而玖渚友也終結了，你們接下來也只能永遠終結下去。不光是終結而已，而是終結下去。這種情況只能以殘酷一語形容。你，以及你們倆是真正可悲的存在。正因如此，正因如此我才問你。正因如此，我才必須問你。我有質詢的權利，而你有回答的義務。算我求你，能不能老老實實，不帶一絲欺瞞，沒有半分疑惑，堂堂正正，就這麼單純地回答我呢？」

兔吊木說：

「你其實是討厭玖渚友的吧？」

我。

我，我……

我……

第一天（1）——解答的終結

玖渚友
KUNAGISA TOMO
《死線之藍》

好。

那麼各位，

請暫時陪陪我吧。

0

1

「所以小友，那個……叫什麼來著？那個『吐掉木』究竟是怎樣的傢伙？」

車子是借來的。照理說開車時不該交談，不過四周看不見半個人、半條狗或半輛車，是一條讓人懷疑連公共建設的魔手近十年都沒伸到此處的鄉下道路。不，稱之為人行道或許也沒什麼大礙。因為沒有紅綠燈，大概也不會發生事故，但我還是稍微放慢車速，詢問坐在副駕駛座的玖渚友。

「唔咿？」玖渚一臉不可思議地側頭。

「阿伊，人家沒說過嗎？」她說：「之前應該已經花很多時間說明小兔的事啦。」

「不，我沒聽過喔。」

我如此回答，但既然玖渚這麼講，恐怕是真的說過了。玖渚的記憶力準確到足以與精密機械匹敵，而我的記憶力謬誤到必須進行精密檢查。換言之，一如往常，只是我忘得一乾二淨罷了。話雖如此，既然忘了，就跟不知道是完全一樣的意思。

「呃……小兔呀～～」

「先等一下，妳為什麼叫他『小兔』？他的名字是『吐掉木該腐』吧？為什麼省略成『小兔』？」

「綽號呀。喏，就跟小豹、小惡、小日一樣嘛，小兔的暱稱又叫『害惡細菌』。」

「喔……是這樣啊。」

我姑且點點頭，但不免對她愛給人亂取名字的行徑感到錯愕。在暱稱之外另取綽號，這不是白搭嗎？

「『細菌』的『小兔』……聽起來有點像是被同學欺侮的小學生。」

「唔——不過小兔並不是這種角色。真要說起來，這是小豹的角色，小兔則是欺侮同學的類型；不過說得也對，小兔在『集團』（Team）裡確實有種風格特異的感覺，就像是獨樹一幟。總覺得好像很……綻放異彩哩。」

「人家是統籌大局的角色，獨樹一幟、綻放異彩是不行的咩。」

「比妳更特別？」

「……」

嗯，無話可說。

我最近學會了沉默是金的道理。

「小豹是幹什麼來著？我記得是負責搜尋的工作？」

「對，只要是在銀河系範圍裡的事，都有辦法查出來的超級辣腕搜尋專家。這次的事要是沒有小豹幫忙，真不知會變成怎樣哩。可是因為小豹討厭小兔，為了請他幫忙，人家也著實費了一番工夫喔。」

「不知會變成怎樣嗎……」但就算獲得小豹的協助，現在還是不知今後情況將會如何。「所以呢？既然小豹負責搜尋，那小兔……吐掉木是幹什麼的？是知道什麼大爆炸理論（註2）的祕密嗎？」

「唔——」玖渚立刻否定。「阿伊，你可能有所誤會。老實說，小豹的『搜尋』是完全脫離常軌的能力。人家雖然不喜歡這樣說，可是就算人家花費一百年、一千年，也比不上小豹一天找到的東西呢。就算是在『集團』裡，小豹也是這麼超群出眾。」

「喔……這倒是令我有些意外。」

順道一提，這位小豹目前在美國最嚴密的監獄服一百五十年的刑期。我記得小豹跟我和玖渚一樣是十九歲，嗯，不過現在醫療和福利如此充實，搞不好可以活著出獄。

「所以呀，如果跟小豹相比，小兔的規格當然低了好幾個等級。畢竟兩人專業不同，不能這樣比的，這就好像在比較比叡山和鴨川耶。」

「這種比喻有點難以判斷什麼是高強的基準……所以呢？他的專業是？」

2 由喬治・伽莫夫（George Gamow）等人提出的宇宙起源理論。

「嗯，小兔的專業就是所謂的『破壞』（crack）喔。」
「怪客（cracker）……嗎？」
「沒錯。」玖渚友猛一點頭。「駭客（hacker）跟怪客的區別眾說分云，若只就『兔吊木垓輔』來討論，兩者就沒有加以區分的必要了。小兔是將自己擁有的一切能力花在『破壞』，只要他有意，就會將自己堪稱萬能的無敵能力全數花在『破壞』，是非常專業，非常非常專業，專業以上的超級破壞專家呢。」
「一切只為破壞？」
「一切只為破壞。」玖渚罕見地以她這種樂天派而言，略顯無奈的方式頷首同意。
「簡而言之就是個性不好嘛。」
「人如其名，他是很自我中心的人。小兔不像小豹那樣個性不好，但不知該說他是搗蛋至上主義，或者喜歡擾亂他人，總之就是這種感覺。」
「不過他的人格相當高尚，而且在成員裡也是第二年長的。啊，可是年齡在這種情況沒什麼關係嗎？雖然人家也不太明白。」
「吐掉木的漢字怎麼寫？」
「好像是『吊在樹木上的兔子』，垓是數目字的垓（註3），輔是車子旁的輔。我們很少叫彼此本名，人家也記不太清楚。」
聽名字就挺顧人怨的傢伙。

3　古代以十兆為經，十經為垓。

呃……不過我也沒資格批評別人。

「不過，還是搞不太懂……如此自我中心的傢伙為何會待在『墮落三昧』（Mad Demon）卿壹郎這個惡名昭彰者的研究所？我實在不明白其中原因。小豹對此沒有任何解釋嗎？」

「嗯，人家剛才也說了，小豹跟小兔感情不好咩，所以只肯告訴人家地點。可是人家原本連地點地不知道，光是透露斜道卿壹郎研究所在愛知縣，就已經很感激小豹了。雖然也可以問小直，可是小直畢竟也有許多要忙的事。」

「很感激嗎……對我來說，非得到那種地方不可倒是有些沉重——」

「真的嗎？」

「這又不像去日本環球影城那麼輕鬆。」

我將體重靠在方向盤，嘆了一口氣。

車子從京都府開過大阪府和奈良縣，應該業已進入三重縣境內。三重縣是在近畿地方？還是中部地方？若是在中部地方，就相當接近目的地愛知縣。目光瞟向前陣子小姬送我的類比手錶，離開京都超過三個小時。如果走高速公路，差不多該到目的地了，但我上個月、上上個月以雙手為中心，全身遍體鱗傷，前幾天好不容易痊癒，故而想避免走高速公路。

反正也不是那麼趕的旅行。

因為這種情況下，重要的並非時間。

「說得也是，伊字訣。」

冷不防。

迄今一直保持沉默的後座傳來人聲。我微微轉頭說：「妳醒了嗎，鈴無小姐？」

「是伊字訣跟藍藍在那裡嘰嘰喳喳吵個不停，才把我吵醒的。這麼近距離的噪音，就連睡美人都會醒來。開車別聊天才對。」鈴無小姐略顯不悅地道：「更何況飛雅特的後座又窄……不太適合睡眠。真搞不懂淺野那傢伙的嗜好，明明喜歡日式風格，為什麼要買進口車？而且還是如此狹窄不便的車子，就連馬力也不夠。這破車真的有引擎嗎？淺野的思維模式真是莫名其妙。伊字訣，你也是這麼想的吧？」

「我對此不予評論。」

「我想也是。」鈴無小姐意有所指地笑了。

「話說回來，鈴無小姐，妳那句『說得也是』是什麼意思？」

「嗯。」鈴無小姐頷首。「對藍藍而言，卿壹郎博士跟那個兔吊木不但是舊識，而且都是『專家』，可以毫無顧忌地交談。至於你，伊字訣本身也在那個叫什麼ER3還是HMO之類的高級研究中心留學五年，當然見識過不少大場面吧？本姑娘可是第一次去見那種什麼博士、什麼研究員的人種喔。我不曉得伊字訣的心情有多沉重，但本姑娘的心情鐵定更重。」

「這種話真不像鈴無小姐說的。」

「別看我這樣，本姑娘也算是怕生的類型，完全不曉得該跟一心鑽研學問的學者博士聊什麼話題。我連圓椎體的體積都不會算。」

「喔——說得也是……對了，鈴無小姐喜歡《奇愛博士》（註4）嗎？」

「說不上討厭。」

「那應該就沒問題，一定可以相處融洽。」

「……真的是這樣嗎？不過，話說回來……伊字訣，下不為例喔。我是因為淺野拜託才來的，其實本姑娘也頗為忙碌。唉，終究是敵不過哭鬧的小孩、地頭蛇和淺野美衣子。」

「我很感謝。」

「感謝這種事誰都辦得到。誰都辦得到的事就很無聊。你該想想只有你才做得到的事，伊字訣。」

鈴無小姐語畢，在狹窄的後座橫躺下來。鈴無小姐以女性來說是高個子——不過一百八十九公分的身材以男性而言也是高個子——似乎睡得很不舒適。而且還穿著非常正式，毫無季節感的全黑套裝，有害健康的緊身襯衫上，甚至繫著一條領帶，自然更加睡不暢快。

鈴無音音。

我居住的公寓鄰居——這輛飛雅特五〇〇的車主淺野美衣子小姐的死黨，今年二十五歲。平常在比叡山延曆寺打工，偶爾會下山。我透過美衣子小姐跟她認識，但

4　史坦利・庫柏力克（Stanley Kubrick）於一九六四年執導的黑色幽默電影。

玖渚今天是第一次見到鈴無小姐。
「對了，伊字訣，大概還要多久會到？」
「我想想……三重縣是在中部地方嗎？」
「是近畿地方。」
「是嗎？那大概還要一陣子。」
「伊字訣，中部也好，近畿也好，三重在愛知隔壁的事實都不會改變吧？時間不可能因此有所變化。」
「啊，那倒也是，我忘了。」
「正常人不可能忘記這種事吧？阿伊莫非是那種只說得出一半都道府縣的人？」
「再怎麼說這也太蠢了吧？有誰說不出所有都道府縣的名字？」
「本姑娘就說不出，前陣子還以為比叡山在京都境內呢。」
「這種誤會未免也太匪夷所思——」
「本姑娘也不知道京都境內有海洋呢。」
「這種事別說得洋洋得意——」
「噯！我雖然數學不好，不過社會也很差。小學退學時連澳洲跟奧地利都分不清，也不知道蒙古和中國有什麼不同；可是這根本無所謂，對我來說，一點困擾也沒有。」
「是嗎？」
「正是，人類生為人類必須知道的知識其實只有一點點。話說回來，就連這一點點知識都不知道的傢伙，最近似乎有暴增的傾向。」

鈴無小姐嘲諷地說完，就低低拉下帽子。

一頭黑髮搭配那身打扮，雙腿修長的模特兒體型，再加上那頂帽子，不由得讓人聯想到次元大介（註5）；然而次元大介的固定位置是副駕駛座，現在坐在那裡的卻是一名朝氣蓬勃的藍髮少女。呃，不過駕駛的本人，基本上就不可能是魯邦三世嗎？

「不過，勉強妳來真的很抱歉。美衣子小姐有空的話就好了——」

「伊字訣。」帽緣壓得低低的鈴無小姐無精打采地道：「這次情況特殊也莫可奈何，可是本姑娘不太希望你將淺野捲入這種錯綜複雜的事件。那傢伙從以前就是愛管閒事的爛好人，而且還是無事生非和大小通包的管家婆。話雖如此，倘若一無是處也就罷了，偏偏淺野還挺派得上用場的。本姑娘不太喜歡誇獎自己人，不過淺野是一流的劍術家，其他方面也頗有心得。更重要的是，腦筋不太靈光，說白一點就是蠢。而且還不是普通蠢，是超級蠢。所以那傢伙經常被人利用，吃虧上當。」

「妳這是在誇獎她嗎？」

「是在誇獎她啊，除了誇獎以外，這還能是什麼？總之，雖然我完全不認為你是那種利用他人的傢伙，不過還是希望你別太麻煩淺野。當然我自己也是。」

「我明白。」

「我想也是，你是明白還去麻煩對方，這才叫有夠惡劣。咕！真想叫你給本姑娘乖

5　日本動畫《魯邦三世》裡，快槍手次元大介是男主角魯邦三世的夥伴。

乖坐好。總之，我不是說拜託別人不好，可是明明可以自己獨力完成的事，交給別人就是不對。一個人做跟兩個人做，當然是一個人做比較有效率，正所謂三個和尚沒水喝。」

「實際上好像不是這樣，應該是和尚吃八方。」

「別給我找碴！況且要是沒達成目的，任何過程都毫無價值可言，你給我記好了。」

久久才見一次鈴無小姐，她似乎還是一樣愛說教。不過，既然是我有求於她，或許有義務稍微陪她耍耍嘴皮子。

而且鈴無小姐講的也不是百分之百錯誤。

只不過有一點點不正確。

「抱歉，音音。」玖渚道：「可是這次一定要有監護人同行，因為人家跟阿伊都是未成年咩。人家姑且還能通融一下，不過阿伊就沒辦法了。」

「藍藍不用道歉喔，因為妳是美少女。」

「美少女就無所謂嗎？」

「你最好別說這種天經地義的事。」鈴無小姐露出所向無敵的訕笑道：「美少女的價值可以驅逐其他所有價值觀。什麼高潔、正義、愉悅、憐憫、道、德、仁、愛，這些價值基準在美少女面前都猶如齏粉。」

極度偏頗的價值觀，這種「人類可以區分為美少女、本姑娘與其他眾生三類」的扭曲哲學態度似乎依舊健在。

唉，反正聽說人類喜歡追求自己沒有的事物，況且對他人的價值觀妄自評斷，多加干涉都不是聰明的作為。

「那本姑娘要再睡個回籠覺了。最近一直熬夜，窮凶惡極地愛睏。我也想不出什麼詞彙來形容這種凶惡程度。所以伊字訣，到了叫我起來。」

「遵命。」

我如此回答，因為接下來路況開始有些擁擠，我便開始專心駕駛。鈴無小姐迅速進入睡眠狀態（話說回來，還真虧她能在這種地方睡覺），傳來輕微鼾聲。玖渚則陷入呆滯狀態。我當然不可能理解這位怪人、瘋子、狂熱者、宅女的藍髮丫頭究竟在進行何種作業，因此就沒開口問她在做什麼。

接著，我開始思考。

關於接下來要去的地點，以及接下來要見的男子。

「兔吊木垓輔啊……」

2

若是對電子工學界稍有研究的人，或是對機械工學領域稍有涉獵的人，或者微微瞟過社會黑暗面的人，就不可能沒聽聞「集團」的大名。那個時代（沒錯，這既已形成一個時代）想避開其存在是完全不可能的任務。

他們一方面被貶抑為電子恐怖分子，另一方面亦被尊稱為虛擬空間的開拓者，有些人認定他們是犯罪者，亦有些人尊崇他們是救世主；然而，這些評價都不能說是完全正確，反過來說，不論世人選擇何種稱呼，或許都確實掠過其真實的一面。

簡言之，就是曾經有過這麼一個「集團」。在業界一旦提及「那些傢伙」、「他們」這種不特定多數的代名詞，指的就是他們。話雖如此，他們的存在固然聞名遐邇，但他們是何種集團？是具有何種目的的集團？甚至是否真是集團？這些在檯面上都是未知的問題。「集團」未曾留下任何足跡就消聲匿跡，這讓「集團」的存在變得更加傳說性、神話性。

正因如此。

就算我說此刻坐在我旁邊的極樂小丫頭就是該集團的領袖，大概也不會有人相信。而且就算我說進行過如此大規模之破壞活動、進行過逾越範疇之建構活動的那個「集團」，那個被稱為「足有一個軍旅單位的狂熱分子」的「集團」是由九個人組成的小團體，我想也不會有人相信。

而這九個人裡的其中一名，正是我們準備去見的男子。

換言之，就是兔吊木垓輔。

我並不知道玖渚是如何與兔吊木等其他八人結識，同時是基於何種動機展開那些快樂犯罪（但具有高度破壞性質）的活動。這些目前都在本人的興趣射程範圍之外，我也不認為這是可以隨便開口詢問之事。

不……老實說。

老實說事情並非如此。這都是藉口，只是貪圖一己之便的單方面解釋。其實我對箇中緣由，或許單純只是不願知道。自己與玖渚間的那段空白，究竟發生過什麼事件？我既不想告訴玖渚，而且就算玖渚她發生過什麼，我也不想知道。

玖渚友。

我獨一無二的朋友。

認識她的時候，我還住在神戶，尚未過完光華四射的青澀十三歲。五年前……不，該說是六年前比較接近嗎？我跟這名藍色少女共同擁有半年左右的時光，然後在半年後分離。接下來度過五年完全沒有聯繫的歲月，直到數月之前才又重逢。

五年。

這段時間足以改變一個人，但結果我沒有任何巨大變化，玖渚也幾乎跟以前一樣。只是在那段過去創造了駭人聽聞的經歷，同時背著我交了八位朋友，同時背著我與八位朋友告別。

玖渚每次一談起他們的事，就顯得非常開心。上次告訴我能夠掌握銀河系的「小豹」——綾南豹時是如此，這次說明「小兔」——兔吊木垓輔時亦然。彷彿在炫耀自己的寶物，真的非常高興。

對我來說，這實在不是滋味。

雖然不知理由為何，就是不是滋味。

「換句話說，就是嫉妒嗎……」

儘管覺得沒有這麼簡單，不過大概差距不大。我並非可以容許一切的聖人君子，也不是能將玖渚的喜悅與欣喜直接轉換成自我感情的單純性格。老實說，對於那八位可能曾經比我更接近玖渚的人，實在很難說對他們有什麼好感。儘管稱不上是怨敵之心，至少這份感情亦非好意。

話雖如此。

話雖如此，目前這個情況更令我憂鬱。

「真是鬱卒啊——」

「為什麼？」

我只是喃喃自語，玖渚仍舊對我的獨語發生反應，不過正處於呆滯狀態的她並未轉頭。玖渚的大腦讓人懷疑莫非是以二的十次方為單位，非常擅長同時處理大量事務，以前也在我面前表演過同時操控一百二十八臺電腦的神技。這麼一想，這點雕蟲小技也沒什麼好驚訝的。玖渚並非缺乏集中力，而是將精神向四面八方擴散之後，依然擁有多餘的注意力。

是故，當她將所有注意力朝單一方向發射時——甚至輕易就能與世界為敵。

「阿伊，為什麼鬱卒呢？或者阿伊是想說『玉足』？唔，真有趣，人家覺得很有趣喲。」

「我沒這個意思……只是在自言自語，妳不用在意。」

「那就不在意囉。可是呀，阿伊，你其實不用這麼擔心，因為小兔人很好，他不會搭理自己沒興趣的人喔。」

「那真是太好了，但我的不安要素是來自其他——」

「換句話說，是對卿壹郎博士本身感到不安？」

「硬要說的話，嗯，就是這麼一回事。」

我點點頭。

斜道卿壹郎研究所。根據小豹的情報，兔吊木目前以特別研究員的身分在此「工作」，而且該研究所是日本屈指可數，沒有任何背景的單純研究機構。我也曾多次耳聞該研究所的大名，甚至還記了下來。對我這種不禁令人懷疑是否全由暫存器（register）組成，一點也不可靠的腦神經而言，要記住對方名稱足以堪稱奇蹟，換言之亦可證明該研究所有多麼厲害。更重要的是，所長斜道卿壹郎本身乃是足以與「集團」匹敵的名人。

世人稱之——墮落三昧卿壹郎。

由其名號亦可推知，卿壹郎名號雖響亮，但絕非廣受世人尊崇的研發者。數理生理學、形式機械學、動物生態學、電子理論學……諸如此類有的沒的，橫跨眾多專業範疇，乃是多門學科的先驅學者。基於這種背景與當事人的**資質**，似乎是極端怪異的科學家。目前已經六十三歲，但仍在研究所進行研究。

「妳見過卿壹郎博士吧？」

「嗯，不過那也是遇見阿伊以前的事了。人家當時應該是十二歲左右。」
「喔～～十二歲呀。」
「研究所當時在北海道……人家是跟小直一起去的。」
「喔，真的嗎？」
「嗯，因為小直當時還很閒。」
「小直」就是玖渚的親哥哥玖渚直，個性建全到無法想像他跟玖渚友擁有同樣的雙親，六年前他對我照顧有佳。直先生目前擔任他父親（換言之亦是玖渚的父親，但玖渚已跟家裡斷絕關係）的祕書，是徹頭徹尾的社會人士，因此見面的機會不多。
「卿壹郎博士當時就很古怪，但後來好像越來越扭曲了。就算是蒙受外界壓力，這樣子隱居匿跡，只靠少數精銳進行研究真的很異常哩。」
「妳有資格說別人異常嗎？」
「異常才懂異常呀。」玖渚得意洋洋地說：「奸雄識奸雄吧？唔～～～～不過這種情況應該說是英雄識奸雄。」
「原來如此……」我隨便點頭應付。「簡單說，就是瘋狂科學家的感覺嗎？」
「對，就是瘋狂科學家的感覺。」
「該怎麼說呢……那麼，這個卿壹郎博士是躲在深山裡做什麼研究？」
「七年前，一言以蔽之就是人工智能，不過這只是一言以蔽之的說法。嗯，人工智能這種研究當時很流行喔。應該說是動作嗎？就是那種一連串的律動過程咩。不過，博士研究的東西跟那種類型又不太一樣。」

「如果是聊天機器人，我在美國留學時倒也做過。」

「這種東西的話，人家也常做哩。夥伴裡面的話，小日就很喜歡這類東西。小日經常說『跟人類說話就像在跟聊天機器人敲鍵盤，因為兩者都很無能的特徵是共通的』。」

「這傢伙聽來個性也挺糟的——」

「對呀，好寶寶說不定就只有人家耶。總之人家上次見到博士時，他好像是在進行人工智能的全盤研發及開拓；不過世上既然有流行，就有退燒，聽說博士現在對人工智能的研究不是很熱衷。雖然不知道他在做什麼，但博士基本上是控制論（註6）的學者，研究領域應該沒變。」

「喔……」

「不過，大概還是在做不合成本的研究，他就是這種人咩。真的，從以前開始就是。」

玖渚略顯無趣似地嘟起櫻唇。對玖渚友來說，這種說話方式十分反常。我知道原因就是兔吊木，是故未置一詞，一點也不想評論。

我繼續默默開車。

6　研究在動物和機器中的控制與通訊。尤其是比較研究由神經系統、腦部以及由機械電子通訊系統和裝置構成的自動控制系統。

「可是，阿伊不用在意的，因為博士這個人對沒興趣的人完全沒興趣。雖然博士的個性非常非常差，不過阿伊只要跟人家走在一起就好了，只要待在人家旁邊就好了。」

「原來如此，那真是太好了，真的。」

事情當然就如玖渚所言。「害惡細菌」兔吊木垓輔也好，「墮落三昧」斜道卿壹郎也罷，他們不可能將我這種平凡的私立大學生放在眼裡。基於以往的經驗，我對此亦有相當自覺，所以沒有太多（儘管只是沒有太多）不安。我的不安要素是來自其他原因，可是我並未告訴玖渚，也不打算說。而這股不安恐怕將在近期，或許是這一、兩天內實現。

「……啊……真是鬱卒啊。」

這終究是只能稱為偶然的必然，我完全無技可施。我的人生也只有這點程度，也只能隨波逐流，與世浮沉。我並非有什麼大的不滿，只不過是有些小小不安，如此而已。

「咦？好像到愛知了，那麼，下一條路左轉唄，阿伊。」

「真的嗎？這樣越來越往山上走喔。」

道路既已變成沒有鋪設的古早泥巴路，朝窗外看去，那裡是一整片杉樹林。對有花粉症的人而言，大概是冷汗直流的光景。置身於這種環境裡，讓人不禁要懷疑地球真的缺乏森林嗎？

「研究所在深山裡咩。前面的路地圖上也沒記載，只能依賴人家的記憶力了。」

「喔……那倒無所謂，妳的導航系統也不可能出錯。不過還要多久？如果很遠的話，我們差不多得加油了，這輛車子還真是馬力不足。」

「就快到了，因為是在三重跟愛知的交界上。話說回來，愛知真不錯耶，有很多腦筋好的人。」

「真的嗎？」

「真的呀，再怎說都是『名古屋射擊法』(註7)的發祥地，換言之就是人才濟濟之地咩。這或許正是博士將研究所搬到愛知的原因。不過，博士應該不可能是想模仿別人，大概也不是基於金錢方面的考量……啊～～話說回來，真令人期待耶，畢竟人家好久沒跟小兔見面了。」

「這件事不重要，請妳也想想**見面之後**的事吧。妳可不是千里迢迢跑到愛知遊山玩水的吧？就這次事件來說，我也不太想幫忙。」

「咦？為什麼呢？這是嫉妒嗎？」玖渚友略顯開心地嗤嗤輕笑。「阿伊表面上若無其事，其實很愛吃醋呢。該說是在關鍵時刻心胸狹窄嗎？你可以放心喲，人家雖然也喜歡小兔跟小豹，可是愛的就只有阿伊一人。」

「這樣是最好，不過我並不是在嫉妒。這跟嫉妒不太一樣，哎，雖然不太一樣，仔

7　七〇年代流行的射擊遊戲《太空侵略者》，該遊戲每次只能在螢幕上顯示四枚炮彈，是故命中敵人之前，有無法繼續射擊的缺點。名古屋射擊法則是待敵人最接近己方時再進行射擊，藉以縮短命中為止的時間，有效達成連續射擊。

細想想或許有些類似……啊！」

前方似乎有人影出現，我於是將注意力轉回車頭。身穿警衛制服的雙人組男人揮動紅色螢光棒，指示我們停車。仔細一看，他們後方有一道應該以鐵柵欄形容的巨大車門。

這種深山之中，竟有警衛。

「……」

我踩下剎車，停下車子，緩緩搖下車窗。兩名警衛接著走近飛雅特，以低沉駭人的嗓音說：

「前面是私人領土，禁止進入。請你們儘快沿原路折回。」

用語客氣，但口吻非常粗魯。嗯，這麼悶熱的天氣，要是杵在這種地方，任誰都會變得如此，對這種芝麻小事抱怨未免太過苛責。指責他們怠忽職守並非我的工作，況且他們這種態度是否是怠忽職守，倒也十分微秒。

「不……那個……呃……我們跟斜道博士有約。」

「跟博士？那、那麼……您是玖渚……先生？」

警衛的態度登時大變。倘若知道玖渚有何背景，自然想不到她會搭乘這種老式平民車，就這點來說倒也不能怪他們。

「我不是玖渚……是她的同行者。」

我邊說邊以大拇指朝鄰座的玖渚一比。玖渚友本人依舊一臉呆滯，看也不看警衛一眼；不過那頭藍髮似乎是識別標記，「我明白了。」警衛點頭。

「那麼您就是玖渚小姐的友人嗎……應該還有一名監護人同行才對——」

「啊啊，那位監護人……」我將比向玖渚的大拇指直接轉向後座。「……要叫起來嗎？我並不反對，不過也不敢保證會發生什麼事。」

「……不，不用了。」

數秒的沉默後，警衛如此回答。嗯，這真是睿智的判斷。誰都不想踩到具有異常威力的地雷。

「那麼，請您填寫入所登記簿。不好意思，因為這是規定。」

「好。」

既然玖渚是這樣，而鈴無小姐又是那樣，只好由我出面。我打開車門，離開車子。警衛走回大門附近的警衛室（組合屋。光看外觀就讓人大汗涔涔的建築物），拿著夾著A４紙張的板子回來。「請您簽名。」接著將原子筆遞給我。我原以為一定是以電腦之類的登記，對這種老舊方法大感詫異。

「……這種研究所居然採用這麼傳統的系統哪。」

「嗯啊，我也是這麼覺得，不過博士認為『這樣才不能造假』。如果以電腦等其他方式登記，博士認為就能從外部進行非法變造之類的。唉，其實我也聽不太懂，總之博士說『寫在紙上』是最安全的資料保存法。」

「這種想法倒也不是無法理解，不過還真是心思細膩……」

我邊說邊在登記簿寫下玖渚的名字、鈴無小姐的名字，以及我的名字。住址……就鈴無小姐的情況來說，該寫哪裡才好呢？比叡山延曆寺嗎？畢竟不能寫「居無定所」，好像也只能這樣寫，可是總覺得「現居比叡山」跟「居無定所」一樣詭異。內心胡亂想著對比叡山居民有些失禮之事，最後決定讓鈴無小姐跟我同居。這是讓人笑不出來，遍體生寒的想像，不過還算是能夠引人發噱的趣味謊言。

「您有攜帶危險物品嗎？」另一名警衛對獨自恍神的我說：「所內禁止攜帶刀械和毒藥——」

「刀械……有帶剪刀一類的……」我答道：「剪刀也不行嗎？還真是小心翼翼啊——」

「不，這樣的話就無所謂。抱歉，請勿因此感到不快。研究所的警戒層級從昨天開始提高，所以對玖渚小姐一行都必須詢問這種問題。」

「提高警戒層級？是什麼原因呢？」

「啊啊……」警衛有些不知所措，接著低聲續道：「有一點……意外。其實是前天發生了外人入侵事件。」

「入侵事件嗎？」我隨口應道。這還真不平常。對這種研究機構來說，入侵者這種詞彙大概就是指產業間諜之類的人物吧？還真像電影或小說那種脫離現實的事件，但這裡既然是脫離現實的地點（畢竟是『深山研究機構』，真是好笑），說正常也很正常。這種場合，反倒該為提高警戒層級的理由並非「玖渚友到此一遊」鬆一口氣。

「嗯啊，你看，就是這本登記簿最前面的這個名字。」接過板子的警衛又將板子遞給我說：「那混帳裝成其他研究所的來訪者，大刺刺地從這扇大門進來。這種很快就會被捉包的入侵方式，真不知該說那混帳目中無人、厚顏無恥，還是不知天高地厚……」

「……所以這名『入侵者』已經被逮捕了嗎？」

「咦？呃……這倒還沒……」警衛有些難為情地道：「不過請您安心，對方早就逃出研究所了，絕對不會為玖渚小姐帶來任何麻煩。而且我們也已通知警方，逮捕是遲早的問題。」

「原來如此，那我就安心了。」我點點頭。什麼入侵者、間諜云云的，還真是瘋狂的事件，不過既然已經離開，就跟我們的故事沒有直接關係。之後被警察逮捕或是如何，都與我們無關。對方不在這裡，這就夠了。目前情況有些棘手，還是希望能避免這類新角色的登場。

「沿著這條路一直往山上走，就會看見一個相當寬敞的停車場，請您將車子停在那裡。所內人員會到停車場迎接各位，請您依他們的帶領行動。停車場到研究所約莫五分鐘。」

「我明白了，謝謝兩位親切的說明。」

我行禮致謝，接著目光無意間，真的是無意間瞟向記錄在板子最上方的「入侵者」姓名。入侵者當然不可能在這種登記簿填寫本名，多半是寫假名，不過究竟用什麼假名，稍微勾起了我的興趣。

結果，我的視線驀地停住。

「……這名字。」

「咦？嗯啊，那混帳寫了一個很扯的名字吧？當時也覺得怪怪的……不過現在再說這些也於事無補……」警衛發牢騷似地說：「……話說回來，這名字該怎麼唸呢？『零崎凝事』嗎？」

「不……是零崎愛識。」

我說完，將板子還給警衛，「告辭了。」接著返回車內。兩名警衛奔向大門，準備替我們開門。我重新發動已經停止運作的飛雅特引擎。

「咦？阿伊，怎麼了？你的心情好像歪歪的，大約七十五度角唄。」

「不，很順利地取得了通行許可，一點問題也沒有。」我面無表情地回答：「妳什麼都不用擔心。」

我發動車子，穿過大門，按照警衛說明的方向行進。「剛才的警衛哪，」後座又傳來人聲。

「看見我們之後，不知在想什麼呢？」

「……鈴無小姐，是睡是醒妳也說清楚嘛。」

「至少現在是醒著的，這樣就夠了吧？話說回來，這種地方怎麼可能睡得著嘛。這不重要，伊字訣，你覺得如何？從第三者的眼光來看，我們像什麼呢？」

「天曉得，不過可以確定不像魯邦團隊。」我不知鈴無小姐想說什麼，於是隨口應道。「鈴無小姐認為呢？」

「我？本姑娘倒是一時想起了《綠野仙蹤》（The Wonderful Wizard of Oz）。」

「《綠野仙蹤》？」這答案有點意外，我訝異地歪頭。「那是怎樣的故事？呃……主角記得就是奧茲（Oz）嘛？」

「不對啦，阿伊，什麼叫做『記得就是』？趕快改掉這種煞有介事地講述錯誤資訊的習慣喔。」依然一臉呆滯的玖渚突然插口。「如果奧茲是主角的話，世界觀就要三百六十度翻轉了，主角是桃樂絲才對。」

「可是《清秀佳人》（Anne of Green Gables）的主角就是安嘛？《湯姆歷險記》（Adventure of Tom Sawyer）的主角就是湯姆嘛？」

「這根本不能算是比較基準呀。」

「那究竟是怎樣的故事？」

「嗯。」玖渚蜷首一點。「被龍捲風捲走的桃樂絲，到了不可思議的奧茲國，跟稻草人、獅子和機器人一起旅行的故事。」

「《桃太郎》嗎？」

「所以就說是《綠野仙蹤》，你注意聽別人說話呀，阿伊。」

「我有在聽啦，總之那四人……雖然混了三個不是人類的人，總之那四人就是去打倒奧茲的魔法師嘛，原來如此。」

「沒有打倒喔……桃樂絲是去向對方求助，請魔法師『讓她回故鄉』。」

「喔～～真是祥和的故事。不知該說是祥和還是溫吞……總之很安穩。」我雖然對這個故事感到有些不對勁，還是隨口應道：「可是就算桃樂絲這樣就好，其他三人是去做什麼的？是去要丸子的嗎？」

「稻草人他們也有不同的目的，想請魔法師替他們實現自己的願望。例如獅子是『想要勇氣』，稻草人是『想要腦袋瓜』等等，故事內容就是在講他們為了追求這些願望，持續艱苦的旅程。」

「這不知該說是自力救濟還是依賴他人……」我這時轉向後座。「所以呢？為什麼我們是那個桃樂絲集團？話說回來，我們又分別扮演什麼角色？」

「嗯……我只是突然這麼覺得，你這樣問，我也不知該如何回答，嗯～～角色分配……角色分配哪，哎，總之我先要了稻草人這個角色，因為我想要聰明的腦袋瓜。」鈴無小姐躺在後座道。既然要說話，乾脆就坐起來嘛，不過鈴無小姐似乎有其他理由。「那伊字訣，你是機器人。」

「機器人嗎？」我轉向玖渚。「小友，機器人向魔法師要求什麼？」

玖渚若無其事地答道：「心靈喔。」我再轉向鈴無小姐，只見她不懷好意地嗤嗤笑著。原來如此，她是想說這個嗎？還真是有夠拐彎抹角的說教，我半傻眼半鬱悶地嘆氣。

「啊～～可是這聽起來很那個耶。」玖渚說：「心靈跟腦袋瓜可以想成不同的東西，聽起來好棒，總覺得很奇幻咩。」

「很奇幻嗎？」

「很奇幻呀，除了奇幻外還有什麼？因為心靈是腦袋瓜進行物理活動的結果，所以人工智能這種學門才能成立咩。」

玖渚宛如在訴說天經地義的道理。不，這對玖渚來說，或許是非常簡單明瞭的道理。「說得也是。」我也懶得多說，姑且表示同意。

我心想，這丫頭或許可以形容成追尋故鄉的少女。

「……」

這麼一來。

這麼一來，缺乏勇氣的獅子究竟是指誰？

3

我將飛雅特停在停車場，拔起鑰匙。一看剩餘油量，是頗為微妙的量，不知能否安全開到山下。最壞的情況是向研究所的人借油，但不知這裡有沒有備用汽油。就這座停車場看來，除了美衣子小姐的飛雅特之外，不見半輛汽車。也許員工專用停車場在別的地方，否則回程搞不好得徒步了，我邊想邊下車。

仰頭望天，雲朵有些詭異。雖不至烏雲密布，但至少明天或今晚會下一場雨的樣子。這彷彿在暗示我們的未來，感覺有些不舒服。

若想預測明天天氣，只要說「大概跟今天差不多」即可——我忘記這是誰說的，原來如此，這果然是箴言。既然如此，我接下來在這座研究機構的體驗，大概就跟昨天以及包含昨天的過去相同嗎？仔細一想，這還真是令人渾身發寒的預言。

「那麼……」

據警衛的說法，應該有人到這裡接我們。我邊想邊四下梭巡，只見東邊方向有一道人影。從這個距離看不清楚對方的容貌，但既然他穿著白袍，想必是來迎接我們的研究員。這時，對方似乎也發現了我們，朝我們的方向走來。

「你好。」

我舉起右手招呼，但對方毫無反應，只是默默朝我們走來。

身材跟我差不多，不高不矮不胖不瘦的平均體格。隨著間距逐漸縮短，我發現對方非常年輕。怎麼看都比我年輕，而且不是小一、兩歲而已，五官宛如十五歲的青少年；可是，眼鏡後方射來那道跟稚嫩臉孔毫不相襯的凶悍目光，背叛他的少年氣質。這世上既然有怎麼看都像中學生以下的二十七歲女僕，當然無法光憑他的容貌判定其年齡。

他速度不減地縮短距離，最後在我的鼻尖，在即將與我相撞的位置「唰」一聲停步。就這個情況而言，鼻尖這種比喻絕不誇張，他真的逼近到微微傾身就將與我碰觸的位置。非但如此，那張娃娃臉還貼近到與我的臉孔只有數釐米的位置。假使對方不是男人，這種距離任誰都會以為我們正在接吻。

我姑且保持這種不知該如何處理的狀態，「喔——」他彷彿在聞什麼似地吸了兩、三下鼻子。

「你就是『叢集』的玖渚友喲？」

與其說是粗魯，根本就是充滿輕蔑態度的語氣。不過，他的聲音跟容貌一樣非常年輕，儘管有些驚訝，倒也不致引人反感。

「不、不是，我只是跟班，或者該說是解說員。」我向後退了一步，與他保持距離答道：「按照舊式說法，就是跑腿的。」

「咦？啥？沒人跟我說過這種事，我可沒聽說有什麼跟班。既然如此，玖渚友在哪裡啦？」他找碴似地蹙眉逼近我。「我哪都沒看見啊。」

「在車子後面。喏，那裡。」我邊說邊指向正提著迷你電腦和各種行李，從飛雅特另一側下車的藍髮少女。「那位可愛女生就是玖渚友。」

「咦？啥？玖渚友是娘們？你唬我的吧？」

他甚為詫異地說完，從車頭繞過飛雅特走近玖渚。「唔咿？」玖渚對新類型男子的登場微感意外，但就算被對方大模大樣地觀察，甚至「啪啪」拍打她的藍髮，還是沒有任何抵抗。依然是毫無警戒心的丫頭。世上或許有從未被父母打過的孩子，若要仿傚這種說法，玖渚大概就是被父母打都毫無反應的類型。

「看起來也沒多聰明，不過是個乳臭未乾的笨小鬼嘛。喂！妳真的是『叢集』的玖渚友嗎？」

「真的咩，人家的名字就是玖渚友，不論誰看都是玖渚友。人家是來見小兔的。」

「咦？小兔？那是誰……」

他意興闌珊的啐完，將手伸進以他的身高來說，下襬略長的白袍口袋，開始快步前進。儘管並未叮嚀我們跟上，但我想大概就是這個意思。

「呿！根本就是小鬼嘛……不但是娘們，而且還是小鬼。唉——真是差、差、差到不能再差了。」

「可是從本人的眼光來看，你也算是小鬼哪，大垣志人君。」

冷不防。

他——志人君腳步一停。保持那個姿勢僵立三秒，最後朝我的方向轉頭問：「你為什麼知道我的名字？」

「嗯？哎呀，別看她那樣，其實已經十九歲了，被十六歲的你叫小鬼總覺得怪怪的。她確實是女的，不過跟你相比，玖渚不算小鬼。」

「我問的不是這個！『別看她那樣』？她又算哪根蔥！」志人君砰一聲踏地。「我是問你為什麼知道我的名字！甚至還知道我的年齡！我可不記得自己跟你說過這些！」

「我知道的並非只有你的名字喔。」我雙手一攤，故作姿態地說：「斜道卿壹郎博士也好，他的祕書宇瀨美幸小姐也好，神足雛善研究員也好，根尾古新研究員也好，春日井春日研究員也好，我都略知一二。」

「阿伊，你少說了一個人咩。阿伊還是一樣健忘。」玖渚插口道：「研究員除了博士和小兔以外有四個人，所以還有一個。」

「啊啊……聽妳這麼一說，的確如此。沒錯沒錯，我太糊塗了。」我對玖渚點點頭。「對，還有三好心視小姐，研究所的人員這樣就齊了，志人君，有什麼問題嗎？」

「……你們是什麼東西？你們到底是何許人也？是怎麼查到這些資料的？」志人君惡狠狠地瞪視我，他的語氣十分驚詫，答案稍有差池搞不好會飛撲過來。「**這些資料**在這理照理說是機密，你們這種傢伙不可能知道，究竟是怎麼查來的？」

「你覺得呢？這是企業機密，當然不能告訴你。不過，光憑外貌或表面評價玖渚友，對我來說很傷腦筋，這位——」

原本想裝出一副「你也幫幫忙嘛，大垣志人君」的態度，但後腦勺猛然遭受強烈重擊，我的臺詞被硬生生截斷。一回頭，只見鈴無小姐握拳聳立在那裡。接下來，額頭又被她賞了一記。因為打得很準，比想像中疼痛。鈴無小姐不知何時從飛雅特下來了。

「你在搞什麼？我呸！這又不是你的功勞，還一副不可一世的樣子。」鈴無小姐彷彿剛起床，極度不耐地說：「做這種事很開心嗎？居然欺侮比自己年幼的孩子，本姑娘看錯你了。」

鈴無小姐接著輕拍我的臉頰，再半強迫性地將我的腦袋朝下一壓。「抱歉喔。」她對志人君說：「這傢伙一遇上玖渚的事，就有亂發脾氣的壞毛病。雖然是充滿惡意的呆子，你就原諒他吧。當事人已經有反省之意，本姑娘今晚也會好好說教一番，你暫且就饒了他吧。」

可憐的我不但被毆、被拍、被壓，還得聽她說教嗎？

「……啊啊……呃……不……」面對用力壓住我的鈴無小姐，志人君似乎有些畏懼、難以決定似地答道：「這其實……呃……那個……我無所謂的——」

「這樣就好，我也可以安心了。」鈴無小姐終於釋放了我。「那麼，可以請你快點帶我們到研究所嗎？我全身上下每個地方都痛得要死呢。我是他們倆的監護人鈴無音音，請多指教。」

「……我是大垣志人，在這裡擔任卿壹郎博士的助手……也請多指教啦。」

志人君口氣生硬地對鈴無小姐報上姓名，又重新邁步。我們這次就跟在他的後方，他似乎是要從停車場北側一條狹窄的人行道上山。並非特別險峻的道路，話雖如此，也不是什麼平坦大道，我於是接過玖渚的行李。

剛將行李托在肩頭，後腦勺就升起一股麻痺感。嗯，真不愧是癱瘓音音，攻擊時完全沒有手下留情，後腦勺的骨頭搞不好已經裂了；可是，剛才那件事確實是我的態度有問題，倒也提不起勁抱怨。

而且正如鈴無小姐所言，玖渚只不過被侮辱一下，根本不必氣成那樣。我知道。況且對當事人玖渚來說，這點小事根本無關痛癢。就連現在也是，對平時窩在家裡的玖渚而言，人行道兩側大放異彩的杉樹大概是十分新奇的景象，她興致盎然地四下張望，完全不像內心受挫的人。相較之下，我卻一個人鬱鬱寡歡、氣憤填膺，實在有違常理。

「果然是在關鍵時刻心胸狹窄……傷腦筋哪。」

總之先反省一下。「對不起。」我向玖渚道歉。「唔咿？」玖渚玉頸一偏，似乎不明白我在抱歉什麼，但這也只是瞬間之事，她接著又沉醉在行道樹的景象裡。鈴無小姐一臉「想不到你這傢伙挺上進的」的神情凝睇我，可是我一對上她的視線，她立刻拉低帽子，遮住自己的雙眸。

「喂，小子！」

就在此時。

前方兩公尺左右，猶如偵察兵般無言前進的志人君冷不防叫我。

「小子，你來一下。」

「你可不可以別叫我小子……我畢竟也比你年長……我十九歲。」

「囉嗦！這種事又不重要。長幼有序這種事，在**這裡**是行不通的啦。年紀不重要，腦筋好的就是老大。我的腦筋比你好得多，你對我說話才應該用敬語。」

「……」我心想志人君還真是頭腦簡單的傢伙，同時走近他。「有何貴幹？是有什麼疑問嗎？」

「嗯啊，是疑問……」志人君輕聲問道：「那個又大又黑的是男人？還是女人？」

「……」我朝鈴無小姐微微一瞥，立刻轉回志人君，也跟著小聲答道：「……設定上姑且是女性。」

「喔——果然是娘們嗎？那我就安心了。」志人君鬆了一口氣似地點頭。「好高啊，她有幾公分？」

「一百八十九公分。可是十六歲以後就沒量過了，說不定現在更高。反正一旦超過一百八十五，身高多少都不重要了。真希望她能分我十公分。」

「……總覺得很厲害哪。」志人君似乎頗為欽佩。「不知道有沒有打過排球或籃球之類的？或者她是混血兒？就算外國人，我想也很少有那麼高的。」

「聽說是純種日本人……或許因為是A型吧？」

「……啊……嘖，那個樣子啊，誰都一**定會看錯**哪。」

志人君嘆氣似地仰頭望天。

就我個人來說，鈴無小姐整體很苗條，身形和外貌完全沒有男人的氣息；不過話說回來，那麼高的個子再加上一身黑的服裝，帽子還壓得低低的，乍看下或許很難判斷性別。鈴無小姐的說話語氣十分女性化，不過最近男女用語間的差距越來越小。我並非特別在指誰，但這世上畢竟也有滿口粗言穢語的絕世美女。

「就是那裡。」志人君指著前方。「那面牆後頭就是研究所。」

「喔……」

我朝他說的方向看去，只見山林那頭有一面將美景破壞殆盡，充滿粗俗氛圍的水泥牆。圍成一圈的牆壁四周欠缺綠意，從我們目前的位置看去亦是高聳異常，與其說是一流學者的研究所，更容易讓人聯想到其他場所。沒錯，硬要說的話……

「有點像是監獄哪——」

「監獄？才不是咧，小子你太沒品味了。」志人君略顯自豪地說：「那是要塞，是牢不可破，堅不可摧的要塞。總之那就等於城牆。」

「城牆啊……」

這種交通不便的深山，確實是易守難攻的地形。可是，那座研究機構裡真的有非得如此守護不可的東西嗎？而且不論志人君怎麼說，對我而言，它仍舊只像監獄的牆壁。並非拒絕外面的入侵者，而是猶如阻止內部的脫逃者……

「簡直像是『死局結界』的狀態……這麼說來，志人君，我聽警衛說昨天還是前天有人入侵研究所。」

「啊啊，這麼一說，好像是這樣。不過我並不太清楚，只有遠遠看見對方的背影。」志人君臉上浮現有點像是冷笑的不屑神情。「話雖如此，那傢伙真是有夠蠢。什麼都沒得手，就連滾帶爬地逃了。那傢伙太小看咱們這裡的警備設施了。」

「可是對方的確入侵了吧？」

「只有入侵而已，這點我承認。」志人君不屑地聳肩。「但接下來可就不容那傢伙胡作非為了，系統本身設定就是如此。嗯，那傢伙大概也學乖了，應該不會再出現。居然隻手空拳來行竊，我看那傢伙根本就是腦筋有問題。」

「隻手空拳？」

啊啊，是指對方手無寸鐵嗎？還真是古典的用詞，不過既然「入侵者」是光明正大地從正門進入，自然必須接受警衛的搜身，結果勢必如此。對方要不就如志人君所言，是愚蠢至極的外行，要不就是跟他說的相反，是極具自信的專家。

倘若不是極具自信，就是篤信自己行為並非犯罪嗎？

「咦？怎麼了？」志人君對忽而陷入沉默的我皺起臉孔。「小子你是怎樣？很在意那個入侵者嗎？莫非你跟那傢伙認識？」

「怎麼可能？再怎麼說都不可能有如此碰巧的劇情發展吧？你是從哪冒出這種管窺蠡測的想法？」

「開玩笑的啦，幹麼這麼認真，十九歲？」

「抱歉啦，十六歲。」

實在不像十九歲跟十六歲之間的對答。「嗯。」志人君哼了一聲，接著又默然不語，說不定是在思考「管窺蠡測」的意義。其實我也是一知半解地使用這句成語，萬一他問我「這是什麼意思」，我也十分為難。

然而，儘管志人君很鄙視那名入侵者（身為被害者亦是理所當然的反應），就算對方最後空手而回，能夠成功入侵這種研究機構，我認為已經相當了不起。假使入侵者並非手無寸鐵，或者——

我將手按上右胸。正確來說，是按著罩在T恤外頭的薄夾克的胸前口袋，說得更精準一點，是為了確認藏在內側的一把薄刃小刀的位置，才將手按在該部位。

剛才在大門時，我並未對警衛說謊。我夾克的左邊口袋裡確實有一把剪刀。順道一提，背上的帆布背包裡還有開罐器，玖渚最愛的北海道土產「熊寶寶罐頭」也在裡面。總而言之，我並未說謊，因為我不記得有說過自己沒帶刀子；然而，這種情況下，我終究無法避免被人指控是說謊者。

這把刀是一週前準備這次旅行時，熟識的承包人送我的東西。「熟識的承包人」這種話連我自己都覺得很虛幻，但這是真的，所以也只能這麼說。刀子裝在皮套內，目前是將皮套藏在夾克內，算是非常簡單的掩人耳目法。要是對方進行搜身，馬上就會被捉包，但我猜警衛大概不對玖渚友的同行者做這種事，便斷然採取此種方式。儘管成功機率低於五成，總之安全過關。

「雖然看不出來，不過這把刀非常銳利，你最好別用它對付人類。」承包人——哀川小姐如是說。「差不多跟怪醫黑傑克的手術刀一樣利吧——你要雕刻牆壁時再用。」

我很感謝哀川小姐的這番心意，不過，這恐怕是杯水車薪。對那位入侵者或許還派得上用場，但我就算多一把刀（再加上剪刀跟開罐器嗎？），大概也沒什麼意義。至少絕對不可能靠這把刀突破那面城牆，正如常人無法用下顎騷背脊的癢。

「真是悲喜交織的戲言啊……」

就目前的情況來看，戲言這個詞彙並非是指以一把刀對付那面城牆的愚蠢想法。言之鑿鑿地對玖渚說「我這次不太想幫忙」，內心卻鬥志高昂地準備助她達成目標，這樣的我才是戲言。真是的！我難道就沒有主體性嗎？連我自己都對自己傻眼。

「喂，志人君。」

「嗯？什麼？」

「兔吊木……垓輔先生是怎樣的人？」

「兔吊木？」志人君露出一臉厭惡，彷彿驀然看見死貓屍體的表情。「兔吊木嗎？」

「對，兔吊木垓輔。」

「……就是變態。」志人君啐道，向前走了兩步左右，背對著我。正確來說，並不是背對我，而是撇開頭。「變態一個。**那個人**是徹頭徹尾、絕無僅有的變態。除此之外，那種傢伙還能怎樣形容？」

接著就冒冒失失、怏怏不樂地逕自前進。我也不想繼續追問，就默默目送他的背影。我固然想在事前多吸收一點有關兔吊木的客觀知識，嗯——看來還是放棄比較好。至少知道志人君對兔吊木沒什麼好感已是收穫一件。

「……」

我最想知道的，其實是兔吊木自己究竟是怎麼看待玖渚友。

道路開始有些難行……或者該說山路的坡度變得有些陡峭，我於是停下腳步，等待玖渚。然後一邊牽著玖渚的手，一邊朝山上前進。

「原來如此……這的確是一座天然要塞。不，該說是城池嗎？而且肯定是非常難攻的那種，這不禁令我想起不堪回首的過去。」

「如果不記住路徑，回程可能會迷路喔。阿伊，要小心咩，絕對不可以獨自行動，因為阿伊的大腦海馬體是海綿做的。唔咿，要是在這種荒山遇難，大概只有小潤才能活著下山，一定會被野生動物襲擊喔。所以，不可以離開人家，知道了咩？」

「我知道了，會牢牢記住的。不過，這裡確實有點像會出現黑熊或山豬——」

「喏，伊字訣，聽說山豬是從家豬進化而成的生物，真的嗎？」

「怎麼可能有這種事？這種謠言是誰告訴你的？」

「是淺野啦，她說從養豬場逃跑的家豬，野生化之後就變成山豬。對了，淺野那傢伙說這是你告訴她的。」

「哎呀！」

「阿伊大騙子～～音音，其實是山豬變成家豬，是相反的。不過這不是進化，只是人類以人工方式讓山豬家畜化而已，就跟鯽魚變成金魚是一樣的。所以家豬其實很厲害呢，畢竟本來是山豬，嗯，如果一個人對一頭豬的話，恐怕是豬獲勝。最近好像也有專門用來攻擊人類的豬隻兵器。」

「喔——人工方式嗎……那也可以藉人工方式把猴子變成人類嗎？」

「我想應該沒辦法——」

「可是把人類變成猴子好像挺容易的。」

「而且音音，猴子跟人類是兩種完全不同的生物喔。只不過有共通的祖先，並不是猴子直接變成人類。如果有這種事，生態系統就要顛覆了。」

「是這樣嗎？嗯——跟藍藍在一起，就能學到許多新知，承蒙教誨。對了，伊字訣，企鵝是一種候鳥，每到九月就會在北極和南極間飛來飛去，只要往北方天空抬頭，在日本也能看見企鵝飛行的樣子，這也是騙人的嗎？」

「我想，有些謊言是相信的人有問題。」

「喂，你們閉嘴，到了啦。」

志人君說完，我朝前方一看，原來已經到了城牆邊緣。因為角度很偏，剛才沒辦法看清楚，如今這樣近距離觀察，蘊釀出一股更加粗糙，同時更加令人毛骨悚然的氛圍。落成迄今應該沒幾年，外觀稱不上髒汙，反而有種嶄新的印象，但這樣反倒很不自然，令人不適。志人君旁邊有一扇鋼鐵材質，顯得過分堅固的絕緣門，似乎是通往所內的大門。

志人君拍拍這扇絕緣門，露出有些裝腔作勢的狂妄笑容。

「各位先生小姐，歡迎光臨墮落三昧斜道卿壹郎研究所。」

第一天（2）——罰與罰

0

等同蟑螂的生命力？

就是以捲成圓筒狀的報紙一打就死的意思嗎？

1

墮落三昧斜道卿壹郎研究所——正式名稱聽說是斜道卿壹郎數理邏輯學術置換ALS研究中心這個又臭又長的名字——共由八棟建築物構成。

高牆內的八棟建築物，擠在一個不能算遼闊的空間裡，因此若從上方俯視，不免有一種略顯擁塞的印象；然而一旦進入內部，就能感受到研究所特有的秩序感。儘管並非勾起鄉愁，不過這番景象讓我想起某些事。

進入高牆內側之後，立刻看見一、二、三……四棟猶如骰子般的建築物。猶如骰子的這種形容，並非由於它們近似立方體。那些建築物沒有任何窗戶，因此乍看下真的難以判斷它們是否為樓房。與其說是建築物，或許更趨近於前衛藝術。這麼說來，我聽說開發遊戲軟體之類的公司為了防止機密外洩，也是在沒有窗戶的建築內研發，這裡也是如此嗎？若然，還真是用心良苦。「入侵者」之所以空手而回，倒也不無道理。

志人君當先邁步走在前頭，走近四棟建築物裡最龐大，宛如骰子老大的建築玄關，「你們等一下。」他如此吩咐，從白袍口袋取出卡片鑰匙，刷過讀卡機。接著在設於讀卡機旁的數字鍵盤輸入十位數密碼。我原本以為這樣門就會開啟，但實則不然。

「請報上姓名。」

讀卡機上方一個肉眼幾乎無法辨識的小型麥克風傳來生硬的合成音。這是從大門警備那種傳統登記法所無法想像的高科技系統。

「大垣志人，ＩＤ是ikwe9f2ma444。」

「聲音、網膜辨識通過，請稍待片刻。」

一如合成音的指示，厚重的絕緣門在片刻後猶如自動門般（若要直接形容那種感覺，就是『猶如魔法般』）向旁邊滑開。「嗯。」志人君哼了一聲，朝門內舉步，轉向我們。

「快進來，馬上就會關起來喔。」

我、玖渚，以及鈴無小姐按吩咐進入室內，門後方宛如剛落成的醫院，有一條白色長廊。志人君在前方帶路說：「這裡是『第一棟』，你們就想成是綜合中樞研究大樓兼卿壹郎博士的居所。我懶得再多加解釋。總之先帶你們去跟博士打聲招呼，可別做什麼失禮的行為啊。」

態度依舊粗魯，但志人君對自己的工作甚是盡責。儘管草率隨便，還是向我們介紹了一下。

「博士在四樓等你們。喏，要搭電梯囉。」志人君邊說邊按下電梯。「別東張西望的，看了就煩。」

「真是失禮了，對了，志人君。」

「幹麼？」

「入口的安檢挺嚴格的嘛，而且連窗戶也沒有。」

「嗯啊。」志人君點頭。「對一流的研究所來說，這點程度是理所當然的，誰知道老鼠會從哪裡鑽進來嘛。我先提醒你們，可別隨便跑出建築物。一旦擅自離開，就沒辦法靠自己的力量回來了。」

「喔──」

「嗯，不過這提醒其實也是多餘的。」

我們一行人進入電梯，上了四樓。既然沒有窗戶，就不知道這棟建築──研究第一棟到底有幾層樓，根據直覺判斷，四樓大概就是頂樓。「在那等我。」步出長廊，志人君往吸菸室的地方一指。

「我去跟博士報告，馬上就回來叫你們，可別放得太輕鬆啦。」

志人君說完，就一溜煙地從長廊跑走。究竟哪個世界的主人會對客人下達「萬萬不可輕鬆休息」這種指示？我一邊胡思亂想，一邊在吸菸室的沙發坐下。玖渚在我旁邊坐下，鈴無小姐坐在我的對面。鈴無小姐從上衣內袋取出香菸，叨在口裡，以打火機點燃。

「……啊啊，終於可以抽菸了。」鈴無小姐一臉恍惚地吞雲吐霧。「呿，淺野那傢伙……老愛叨唸不許在車內吸菸。」

「因為會沾上焦油的味道，這也是沒辦法的事。」

「也對……我還想要是這裡也禁菸的話該怎麼辦，太好了太好了。話說回來，我以為是更古怪的地方，雖然地點跟外側那圈高牆的確很古怪，不過內部還算正常，就像是大學校園。」

「基本上來說是很像……不過這裡可豪華了，一個人使用這麼大的建築物。」對租用兩坪公寓的我而言，這是打從內心的羨慕。「啊，不……使用這裡的有三人嗎？」

「對呀。」玖渚點頭。「志人、美幸還有博士三人。不過其他研究棟就是一人一棟。」

「嗯。」我點頭。一如往常不可信賴的記憶力。「哎，就算這樣，還是一樣非常豪華。」

「不光是建築物而已。」鈴無小姐以右手指尖旋轉香菸，接著又道：「接待者也很正常，就像是普通人吧？害我窮緊張半天。」

「普通？」我頭一歪。「普通是指志人君嗎？我倒不這麼覺得……基本上，十六歲就擔任研究助手這點，從普通的研究所來說，就很不普通了。」

「因為我本來想得更怪。」鈴無小姐古怪地笑道：「像是以程式語言交談啊……忽然發瘋潑灑毒藥啊……白袍下面一絲不掛啊……我原本是想成這樣。」

「妳還真是想像力豐富……」

鈴無小姐對學者、研究者或科學家似乎成見頗深。若以這種觀點來看，志人君確實算得上是正常人。以刻板印象判斷他人絕非好事，但假使那是極度偏頗的觀點，反而會導向好的結果嗎？呃……這根本算不上是有意義的箴言。

「對了，小友，我們乘機討論一下正經事吧。妳接下要怎麼辦？到現在情況還挺順利的，但話說回來，現在這樣只能算是剛啟動軟體。雖然沒有當機，不過接下來妳打算如何敲鍵盤？」

「唔咿，唔咿咿，嗯，人家也想了很多咩～～」玖渚微微抬頭。「所以呀，要先去見見博士，聊聊天。其他問題先緩緩請博士先讓人家跟小兔見面。」

「那傢伙是在第七棟嗎？」

「對，這雖然不是一廂情願之事，不過跟小兔見個面應該不成問題。別看人家這樣，其實也準備了許多王牌哩。」

「王牌啊……」

我一邊複述她的話，同時從那個單字想到了某位承包人。人類最強的紅色承包人。自信的具現，而且確實擁有超乎自信的實力。堪稱是卓越者、超凡者，名副其實的萬能王牌。喜歡變裝、喜歡漫畫，同時最愛惡作劇的麻煩大姊頭，但若是站在同一陣線，或許是相當值得信賴的人物。

「小友，這次事件請哀川小姐幫忙的話，不是更輕鬆嗎？」

「嗯～～可是自己的事要自己解決，自己朋友的事去麻煩別人不太好喔。」

「可是這就是那個人的工作……」

在我們交談之際，志人君一如宣言，很快就回來了。「博士可以見你們了。」他催促我們。鈴無小姐不得不將還沒吸完一半的香菸朝菸灰缸捻熄，她似乎有些不捨。由於美衣子小姐囑咐我「盡量別讓鈴無攝取尼古丁」，所以就沒要求志人君「等鈴無小姐抽完這根菸」。而且就算我說了，志人君大概也不予理會。

「往這裡走，快！」

志人君邊說邊在寬敞的走廊行進，接著在最後面的一扇門前停步。「可別做什麼失禮的行為啊。」他握住門把時微微側頭道。

「尤其是你。」志人君指著我。「就我個人的觀察，你這小子相當怪異，所以你一句話都不許說。」

「你說話還真是不留情面。知道啦……我不會惹事生非，會是非分明的。」

我聳肩答道，朝玖渚一瞥。玖渚沒有特別緊張或在意的模樣，表情跟平常一樣天真活潑。雖然不至於興奮過度，可是好像完全不把與『墮落三昧』卿壹郎見面當成一回事。這說起來也很正常，畢竟玖渚想見的是研究所第七棟的兔吊木垓輔。

我嘆了一口氣。

「你們站好喔，那麼……」志人君說：「失禮了，博士。」

房門於是開啟。

志人君走在前頭，我們跟著進入房間。基於長廊的印象，原本猜想室內猶如一間病房，但完全不是這樣，房間中央擺著一張圓桌，是一間極為普通的會客室。而他——斜道卿壹郎博士就坐在那張圓桌後方。

聽說他今年六十三歲，原以為是更老一點的人物，沒想到他跟我猜想的完全不同。儘管滿頭白髮，但髮量相當濃密，毫無毛髮稀疏的傾向。肌膚縱使稱不上水嚐，看起來仍十分有彈性。從他的外貌來看，就算他自稱五十歲，不，就算自稱四十歲都極具說服力。而且更重要的是，他凝視我們的眼神、表情完全不像是個老年人。相較於研究者的神情，更容易令人聯想到手腕高超的政治家。狡獪、老練，不禁讓人想到這些形容詞。

斜道卿壹郎。

室內充斥著足以震懾人心、懾服世人的凝重氣息。

「呵呵。」老人笑了。「好久不見……七年沒見了嗎？玖渚大小姐，相隔七年了嗎？」

聲音十分沙啞。話雖如此，絕非軟弱無力。猶如長輩靜靜呼喚晚輩的沉著語聲，若以一般的說法形容，就像是居於高位者所發出的聲音。

「妳換髮型了嗎？這樣很好，比較像個小孩，玖渚大小姐。比七年前更像小孩了。」

「多謝誇獎。」玖渚回答卿壹郎博士。「多謝讚美，受到博士如此熱烈的款待，還真是不勝欣喜。」

「咦？妳這好像是話裡帶刺哪。」

「會嗎？說者無心，聽者有意吧？」玖渚聳肩。「不過，既然聽起來是這樣，或許就是如此。」

博士背後站著一名身材嬌小的女性。一名身穿套裝的女性，學生頭留到衣領左右，眼鏡後方射來事務性的視線——說得更白一點，就是冷酷的視線。既然沒穿白袍，她應該不是研究員。

既然如此，她就是卿壹郎博士的祕書——宇瀨美幸小姐嗎？

志人君離開我們，走到那位美幸小姐身旁，接著對她一陣低語，再朝博士低語一番。博士邊聽邊點頭兩、三下，最後又轉向我們。

「那麼——呵呵呵，畢竟是七年後的重逢。」博士再度轉向玖渚。「七年的歲月在我這個老頭看來，根本算不了什麼，可是對未滿二十歲的玖渚大小姐而言，就是相當長的時光了。妳想必有許多話想說，可惜我沒什麼時間，諸事纏身哪。」

「有許多話想說？這恐怕是博士您想太多了，而且諸事纏身是彼此彼此。正如博士有事要忙，別人也有許多非做不可的工作。」

「是嗎是嗎？那真是皆大歡喜了，玖渚大小姐。不過，在我的世界，沒有產能的事可不算工作喔。哎，可是對小孩子而言，遊戲就是工作。」

「要說遊戲就是工作，那也是彼此彼此吧？沒有產能也是彼此彼此。博士還在研究機械論說嗎？要是這樣，那可真是辛苦您了。實在是無益的耗費，博士或許虛耗太多光陰在細節上了吧？」

「這妳就不懂了，玖渚大小姐。妳對我一點都不瞭解啊。」

「沒錯，正是如此，博士所言甚是，的確一點都不瞭解。」

玖渚猛力點了兩次頭。那模樣一點也不怪異，但也正因如此，總覺得不太對勁。我所認識的玖渚，不可能有這種對答。玖渚不可能出現這種**一點也不怪異的對答**。

「博士已經放棄人工智能……或者該說是人工生命的可能性了嗎？聽傳聞說是如此。」

「當然不可能，我怎麼可能放棄？只不過比我想的**簡單**，才故意捨近求遠，讓研究更臻完美。因為我只想創造高價值的完美作品。」卿壹郎博士隱瞞內心想法似地撇嘴道，十足壞心眼的表情。「我可不是以玩玩的心態在做研究，我不是那種遊戲人生的藝術家。玖渚大小姐，妳不該對一名科學家賭上人生和靈魂的工作妄加置喙。」

「這恐怕又是博士您想太多了。只是對博士做的事提出意見而已，畢竟實在絕望性地沒意義。」玖渚說完再度聳肩。

這種態度跟我所認識的玖渚友不太一樣。倘若有人問我哪裡不同，我也答不上來，可是這種莫名其妙的不安逐漸在內心擴散。我知道現在不是理會這種事的場合，因此輕輕甩頭，揮去這種想法。這種時刻，就來想想光小姐的事吧。光小姐真可愛啊，她此時此刻在做什麼呢？

「話說回來，玖渚大小姐。」卿壹郎博士話鋒一轉。「妳祖父還健在吧？」

「……你說呢？」玖渚顯得有些猶豫。「你很壞耶，博士。這問題很惡劣喔。你應該知道吧？**那次之後**人家就被逐出家門這件事，應該有人通知博士才對。」

「哎喲，這麼說來好像有。抱歉，老頭子年紀大了，記憶力難免不好。」博士不知為何神采飛揚地大笑。「人果然不能不服老哪。」

「喔～～原來如此，那研究方面不會退步嗎？」

「不勞妳費心，我可不想被妳這種黃毛丫頭擔心。退化的只有記憶力，如今能夠替我記憶的媒體滿坑滿谷。只要思考力正常，絕對可以達成妳祖父的期待，玖渚大小姐。」

非常諷刺的語氣，非常惡劣的口吻。從他言談間的態度判斷，博士鐵定很不歡迎玖渚的造訪。相較之下，玖渚的回答也很類似，聽見兩人的對答，大概沒有人會感到友好的氣氛。

沒錯，對卿壹郎博士而言，「玖渚友」是可有可無的存在。就連現在也是，表面上視她為客人，但終究只是一種形式。正如同對玖渚來說，重要的不是斜道卿壹郎，而是兔吊木垓輔，對卿壹郎博士來說，重要的是玖渚的祖父……或者該說是玖渚的家族，而不是玖渚本人。

關於玖渚的家族——玖渚機關，無須多加說明，就是日本屈指可數的財閥之一……不，即使說是財閥的最高階級都不為過。相關企業、子公司加起來超過兩萬一千兩百家，不，事實上遠遠超過這個數目，乃是龐大的企業集團。只要過著一般人的普通生活，甚至難以發現自己就身在其巨影之下，玖渚機關就是如此巨大的存在，影響力遍及全球，幾近妖怪的血統。

而**這個家族**，亦是這間研究所的贊助者。

倘若想像成梅第奇家族（註8），大概很符合這種關係，總之玖渚家族對這種以個人為主體的研究中心，以及其他藝術、專門技術方面都不吝投資……甚至可說是對這類活動的金援行為超級積極。就連被世人評為「墮落三昧」的斜道卿壹郎，縱使是在荒山野地，之所以能夠大肆興建這種高級研究所，持續進行研究活動至今，都要歸功於玖渚家族的資助。對玖渚機關而言，這類資助當然不是擺擺樣子或一時瘋狂，更不是單純出於善心，對該研究所的成果與業績，玖渚機關指定的企業擁有優先採購權，或者透過專利使用費以及其他各種方式回本牟利。因此，與其說是贊助者，投資者這種說法或許更為正確。從玖渚家族選擇投資「墮落三昧」，還有其他五花八門的大量投資來看，他們可說是高風險投資者，但也正因如此……

正因如此，「玖渚友及其同行者」才能踏入這間研究機構。即便已經被逐出家門，玖渚友終究是玖渚家族的嫡系孫女，自然不能怠慢。對卿壹郎博士而言，根本不可能拒絕她的要求。

是故目前的情況，說得白一點就是玖渚以權力為後盾強逼對方。這麼一想，博士的惡劣態度，以及志人君的不悅態度亦是情有可原。畢竟亂來的是我們。

8　十四至十六世紀義大利佛羅倫斯市的望族，以其雄厚財力資助桑德羅・波提切利、李奧納多・達文西、米開朗基羅・波納羅蒂等多位藝術家，是孕育文藝復興文化的功臣。

「……」

不過，這畢竟是以目前的情況來說。

「對了，這位青年到底是誰？」

博士突如其來地將矛頭轉向我。向我投來露骨至極的猜疑目光，甚至連手指都朝我比了過來。

「我還以為玖渚大小姐定是與令兄一同前來，我滿以為玖渚大小姐的經紀人除了令兄以外別無他人。這種風流雅士居然還有第二位，真教人萬分驚訝。喔？是陌生臉孔嘛。是哪位名人之後？或者跟大小姐一樣是工程師？雖然看起來不像，莫非是『叢集』的成員之一？」

「不是，阿伊是朋友。」玖渚若無其事地答道：「小直是全球第三的大忙人，不可能有時間到這種地方的。可是，他有跟博士打招呼喔，他說『舍妹可能會給博士添麻煩，一切由我負責，還請博士多加容忍』。」

「這真是、這真是……哈哈哈。」博士這時頭一次發自內心地笑了。「看來他也跟以前一樣。玖渚直，完全沒變，還是那個調調嗎……呵呵呵，好久沒這麼開心了。真的好久了，玖渚大小姐。」

老人像個孩子般喜悅，「言歸正傳。」接著忽地態度一變道：「差不多該談正事了吧？妳我大概都到極限了，既然如此接下來就——」

博士再度將視線轉向我。面對這道魄力十足的目光，我內心有些退縮，但並未表現在臉上。我的偽裝必然很成功，可是我的這種小成功對博士似乎沒什麼意義，他又續道：

「可以請**妳的朋友**離開嗎？畢竟是要談正事。」

「……是在說我嗎？」

「你還聽不出來嗎？年輕人。」老人嗤嗤竊笑。「你的眼力不錯嘛，年輕人，真是好眼力。該說是跟咱們家志人不分軒輊嗎？果然是好眼力。」

跟美幸小姐一起站在博士背後的志人君，表情突然一陣扭曲。他瞪了我一眼，但也只是瞬間之事，志人君立刻恢復正常，移開目光。

「不過我們是要談專業範疇的事，我不認為這個要求有何不妥。好，可以離席了嗎？」

「可是，這——」

「正如博士所言，伊字訣。」

鈴無小姐的手從後方砰一聲落在我的肩膀。我一回頭，只見她並未看我，銳利的視線對著博士。鈴無小姐嘻皮笑臉，一副樂在其中的表情，但我知道這是她的一號做作表情，多半是當成撲克臉使用。真正開心時，鈴無小姐是不會笑的。

「伊字訣是未成年，而且伊字訣是局外人，再加上伊字訣是門外漢——所以不能聽大人談正事，我說得沒錯吧？博士。」

「……的確沒錯。」博士警惕地看著鈴無小姐。「妳是誰？」

「我叫鈴無音音，鈴鐺無聲加上兩個音。我是他們倆的監護人。」

鈴無小姐說完，推了玖渚一把，半強迫地將她按在椅子上，自己也在她隔壁坐下。不，「坐下」這種形容或許太過優雅。「將屁股猛力朝座墊壓下」，或者「蹂躪征服了座椅」這種表現才勉強形容那股氣魄的五成，乃是極為豪邁的坐法。

她接著向博士露出大無畏的神情。

「因為我是監護人，當然有責任旁聽兩位的談話。沒問題吧？博士。」鈴無小姐揚起嘴角，擠出更加不懷好意的表情。「一點問題也沒有。痛哭流涕地沒問題，不不不，該說是感激涕零地沒問題。畢竟玖渚跟伊字訣一樣是未成年，豈能在沒有監護人陪同的情況下，讓未成年少女跟博士這種大人物交涉，所以本姑娘陪同是天經地義。學識淵博如博士，德高望重如博士，同時身為玖渚友之友的博士，相信這點小事自然早就考慮到了，絕對會讓我旁聽。」

「……」

真不愧是暴力音音。如果讓她扮演顧人怨的反派角色，鐵定無人能出其右。再加上身材優勢，真是天下一品。所向披靡的反派角色。外表欠缺魄力的我實在無法跟她相比。

博士……聞言放聲大笑。

「哈哈哈……誠如妳所言，鈴無小姐。」博士頻頻頷首，接著說：「誠如妳所言，妳所言甚是……甚是。嗯，無所謂，就讓妳在場。妳愛待多久就待多久。不過，另一位年輕人就麻煩到外面獨自消磨一個小時左右吧。」

「好，這是你說的喔？」鈴無小姐回頭向我眨眨眼。「這樣可以吧？伊字訣。」

「那就這樣了，反正也只能如此。」我兩手一攤表示同意，接著對玖渚說：「小友，那我就在剛才那間吸菸室。」

「嗯。」玖渚回頭向我天真無邪地笑了。「知道了，阿伊，人家馬上就去，你待在那裡別迷路喔。」

聽見那句話，看見那張笑臉，我感到一陣心安。

嗯，這是我所認識的玖渚友。

「好，那志人君，咱們一塊到外頭等吧。」

「喔，好呀，那我帶你到附近參觀參觀……聽你在放屁！」志人君咆哮。「別像朋友一樣若無其事地約我！」

「開玩笑的啦。」我說完，將事情全權委託鈴無小姐，離開了那間會客室。

2

現在是哲學時間。

那麼，人類的心靈到底是什麼東西呢？舉例來說，不知是佛洛依德還是誰將心靈分為意識與潛意識，可是真的有如此分類的必要嗎？就算沒有潛意識的心靈，或者意識的心靈根本不存在，一切均是潛意識領域的思考，對我又有何不便之處？

玖渚說心靈是腦袋瓜進行物理活動的結果，這大概是正確的。我還不至於藐視現代生理學到全盤否定的程度。話雖如此，倘若心靈此一概念是由腦部掌控，僅僅是基於神經細胞和突觸的電氣反應，人類與機械又有何差異的反對意見倒也不是無法理解，而我的感覺較為傾向後者；然而，這其實亦很類似先前提到的潛意識問題，我們不得不去想「認為機械與人類是相同的東西，整體又有何不便之處？」

能夠以完美的邏輯與井然的程式解釋所有人類活動和人類行為，或者能夠製造出與其如出一轍的複製品，這又有何罪惡？「罪惡」這種詞彙能夠適用此種行為的理由又在哪裡？西洋棋玩家沒道理非得要人類才行。就算完成漢諾塔（註9）的是機械的計算結果，誰也不會因此困擾。以無機物群集來表現有機物集合的行為，反倒是值得讚許之事，沒道理加以指責。儘管有人認為這是對神明的冒瀆，是違反自然法則，但又是誰定義創造生命是神明才有的特權？話說回來，將山豬改造成家豬，跟以人工方式製造生命複製品或模仿品，兩者間又有多少差距？

從倫理的立場來看，就連發明汽車都是多此一舉的行為，不是嗎？

總而言之，就理論來說，人類的心靈能夠利用程式或應用軟體重現，這既已成為

9　法國數學家愛德華・盧卡斯（Edouard Lucas）於一八八三年發明的邏輯問題。三根木桿裡的左側木桿由大至小堆疊若干木環，解題者必須以最少步驟將所有木環從左側移至右側，每次只能移動一個木環，小的木環只能疊在大的上面。

現今社會的一般常識。不，甚至幾乎已經達成。外觀與人類相去無幾的人工生命體即將進入實用階段，換成傳統一點的說法就是人造人這類東西。只要不計較成本，如今沒有科技辦不到的事。

我想大概就是這麼一回事。

就算像現在這樣不斷思考無謂之事，我的腦髓內部其實也只有零跟一在那裡轉來轉去。只要肯花時間，這些都能透過程式語言或機械語言重現。這是好是壞，是空虛還是無聊，都不是我想表達的重點。

我想說的是，正如這些事情最終都能用文章表現，為何我得這樣繼續迷惑？文章不是很簡單明瞭的東西嗎？假使從某個遙遠的位置，例如從神明居住的天空之城向下眺望，我的思考是再明白不過的戲言。其中絕對沒有任何浪漫想像，絕對沒有任何奇異幻想，只有昭然若揭的事實；然而，我之所以繼續做那些莫名其妙、毫無意義、缺欠成效的事，我的行為之所以反覆無常，換言之並非神明對人類下達某種錯誤指令，單純只是程式當機所致吧？從最初的最初就已經失敗，我的腦裡莫非刻鑿著錯誤百出的文法結構？

若然……

拷貝這種程式又有何意義？這種每天大量生產粗糙心靈（文件）的腦髓（軟體），到底具有何種程度的意義？不停誤會，不斷出錯，製造這種人類（應用程式），花費兩千年、四千年、六千年，最後複製出毫無進化、全無演變的生物體（硬體），究竟有何意義？

就算真的做出這種東西，也只是注視鏡面彼方的自己，不是嗎？猶如窺視鏡面彼方、水面彼方，不就是這種毫無意義的行為嗎？這種事想都不用想，無異是……這是……

「呃……這是……什麼呢？」

我暗忖片刻，但想不出接續的話語。我又繼續思索一分鐘，仍舊想不出來。看來這已是戲言玩家的本日極限。「哎呀呀。」我放棄思考，將背脊靠向沙發，抬頭盯著天花板。

「嗯……勉強自己去想正經事果然很辛苦。」

難得到這種研究機構，才決定思索一下這類題目（人工智能、人工生命之類的），還是不該打腫臉充胖子，這樣下去也不可能歸結出什麼偉大結論。思考這種行為，應該先想好結論再開始——今天倒也學到了這一手。歸納法這玩意沒那麼簡單。

吸菸室。

我被趕出會客室迄今已逾三十分鐘。鈴無小姐跟玖渚，甚至連卿壹郎博士、志人君和美幸小姐都未曾離開房間，看來還要好一陣子才會結束。

「被排擠了嗎……」

我喃喃自語。

唉，大概就是這麼一回事吧。我也沒什麼感觸，尤其本人也不是很想擠進那個小圈子。我早就習慣被當成局外人，況且以客觀角度來說，把玖渚交給鈴無小姐比較安全。至少比起跟我這種危險分子相處，跟她在一起才是上上之策。

我知道。

我當然知道。

我凝望沙發前面的茶几，上面擱著一個菸灰缸，裡面只有鈴無小姐捻熄的那根菸。是焦油成分頗重的牌子。除了鈴無小姐以外，我沒見過其他女性吸這種牌子。呃……反正鈴無小姐的肺葉好像很強韌，應該不用我替她擔心。至少那個人不可能死於肺癌。

「……這麼說來，鈴無小姐好像不會喝酒哪……」

不會喝酒的老菸槍倒是挺罕見的，不過仔細一想，這兩件事或許根本沒有關聯。一邊是呼吸器官，一邊是肝臟，完全是不同系統的內臟器官，並非可以合併思考的問題；話說回來，鈴無小姐的死黨美衣子小姐雖是酒國女傑，卻對菸味束手無策，總覺得這種極端裡有某種關連性或因果關係。呃……這種邏輯本身也大有問題嗎？

「好閒啊……」一邊模仿宮本武藏，一邊跳跳機械舞嗎……」

口裡咕噥著自己也不甚了了的想法，驀地不知從哪傳來一陣馬達聲。那東西似乎逐漸逼近，聲音越來越大。宛如以前流行過的迷你四驅軌道車或搖控車的運轉聲，雖然馬達車聽起來很假，不過，這聲音到底是……

我正想尋找聲音來源，剛要從沙發站起時，右腳就撞上了那個聲音源頭。那是約莫等於我身高四分之一的鐵塊，更正確來說是鐵製的圓柱體，底部裝有車輪和抹布似的東西。我就這麼保持半蹲姿勢，眼睜睜地看著圓柱體頑固、頑固、頑固地衝撞我的小腿肚。

「——？」

這是什麼東西？

我腦髓裡的壓縮檔（CAB）並未收藏如此奇特物體的專有名詞。看著一邊運轉，同時「嗚咿嗚咿」地發出卡通音效的物體，儘管曉得那是某種機械，但仍舊無法判斷它有何目的。

我試圖從上方壓住它，結果這個神祕物體驟然停止。我不自覺地將它朝反方向一轉，鬆手之後，這個神祕物體就一邊發出聲音，一邊朝前方駛去。

「……？那是什麼……？」

「是掃除機器人。」

滿腹狐疑地目送神祕物體X離開時，反方向傳來人聲。我一回頭，只見兩名跟志人君和博士穿著同款白袍的人物站在走廊前方五公尺處。

其中一人長髮及腰。而且不是一頭秀髮，而是宛如古書裡描寫的妖怪，出生迄今未曾保養，也從未使用過美髮劑的骯髒長髮。那頭駭人長髮下的表情難以辨識，但髮絲間依稀可見脣邊蓄著濃密的鬍鬚，想必是名男性。

對照之下，另一人則留著相當清爽的髮型。不過清爽的也只有髮型，身材十分臃腫。白袍顯得很緊繃，很難說是結實健康的肉體。話雖如此，長相倒不至令人反感，該怎麼形容？甚至可說是相當俊俏，就像歐美黑白電影裡登場的貴族。

雖然不是美衣子小姐和鈴無小姐，這兩人也是頗為極端的雙人組，「什麼？」我邊想邊走向對方問：「呃……你剛才說什麼？」

「不不不，沒什麼。」胖哥誇張地搖手。「因為你一臉不可思議地盯著那東西，就忍不住親切地解釋一下。那是掃除機器人，換言之就是業務用女僕機器人，哈哈。不不不，不可以笑嗎？不過那只是大垣君好玩開發的。」

志人君做的嗎？那還真是了不起，我邊想邊轉向走廊另一側，但物體X業已杳然無蹤，大概是在走廊轉角拐彎了。

「簡單說就是利用雷達和探測器查出垃圾和汙垢的位置，朝目標自動前進……喏，因為某位仁兄用錢不知節制，咱們研究所也很捉襟見肘嘛。」胖哥這時譏諷地瞟了一眼長髮男。「因為沒錢請幫傭，杞人憂天的大垣君才做了那個，嗯，確實也挺有用的……嗯，就現今社會來看，真是令人敬佩的少年，不是嗎？不過，可惜那個機器人沒辦法區分人類和垃圾。」

「這不是根本沒用嗎？」

這就是剛才衝撞我的理由？我跟垃圾同級？

「人類和垃圾又沒有區別的必要。」長髮男以極度低沉、細若蚊蚋的陰森聲音嘀咕。

「這種東西根本不必區分，因為兩者是類似之物。」

假如長髮男的口吻跟胖哥一樣尖酸，我還可以應付，但他以極度平淡的語調講述這種事，我也不知該如何反應。「嗯，你說得很對。」一旦同意對方，就等於承認自己是垃圾或汙垢。

「哈、哈哈哈，你這傢伙說話還是這麼毒。」胖哥打圓場大笑，揶揄長髮男似地說：「你看你，把小情人嚇成這樣。要是惹他不開心，事情可就糟糕囉。」

胖哥又將目光轉向我。

「再怎麼說，這位可是那鼎鼎大名的玖渚家族的孫女的男朋友，是男朋友喔，你儂我儂的咧。咱們這種微不足道的研究員，小情人一根手指就足以彈飛哪。」

「呃——」

「哎呀呀，在下失禮了，忘了自我介紹。」胖哥滿臉笑意，半開玩笑似地將雙手擺在胸前，深深一鞠躬。「敝人在下我是這裡的小小研究員，有幸受任掌理第五棟的根尾古新。」

「……啊。」

我未置可否地點點頭。一邊點頭，暗想既然這位胖哥是根尾先生，一邊將目光轉向長髮男。「我是神足雛善。」長髮男似乎發現了我的視線（我看不見他被頭髮遮住的眼睛，但他似乎可以看見我），簡單扼要地說：「請多指教，小情人。」

「啊……」我又未置可否地點點頭。

神足在京都是很普通的姓氏，但在日本則是「罕見到出名」的程度。這位神足先生搞不好是京都出身。

「你好，呃……請多多指教。」

他們倆不但落差極大，而且都是超古怪、超奇異的角色，我不知該採取何種態度。若要配合根尾先生，就必須熱情如火，但這麼一來，就難以配合神足先生。令人左右為難的熱情與冷漠，不過我覺得自己也不必為此煩惱，無須勉強自己配合這種人。「那我先告辭了。」我丟下這句話，準備回吸菸室。

「喂喂喂喂，別這麼無情嘛，別這麼冷淡嘛，好寂寞耶。」胖哥……不對（仔細一想，這種稱呼有點失禮），根尾先生說完追上來，大剌剌地在我對面的沙發坐下。「你很閒吧？既然如此，我們聊一下嘛，大人物。」

「……我並沒有很閒。」

「在那裡嘀咕什麼腦髓啦、人工智能啦、心靈這些怪東西的傢伙，不閒才怪。」神足先生靜靜說完，也在根尾先生旁邊坐下。「而且想學宮本武藏跳機械舞的人，絕對不可能很忙。」

「……」

嗯，剛才的獨白被聽光光了。看來對方觀察我好一陣子，太專心思考而忽略四周是我的壞毛病。至少在敵陣（——這種形容應該沒錯吧）中央，粗心不啻是愚蠢。能夠在這種地方粗心的角色，大概也只有紅色承包人。我決定稍稍反省一下。

話雖如此，居然叫我「大人物」嗎？多多少少也猜到了，正如我們借助小豹的力量調查對方，他們大概也查過我們的背景。卿壹郎博士剛才假裝對我和鈴無小姐一無所知，故意說什麼以為來的一定是直先生，果然是在演戲。

這麼說來，志人君之所以不知道我和鈴無小姐，就是為了強化這種演技的伏筆？騙敵須先矇騙夥伴，嗯，原來如此，真不愧是「墮落三昧」，的確相當老練。我朝會客室覷了一眼，開始有些佩服那位老先生。矇騙夥伴——這種事其實比想像中更難。

「——所以呢？兩位有何指教？」

「喲，你這樣說，咱們也很困擾哪。喏，神足先生？」

「……」

神足先生對根尾先生的詢問毫無反應。

「哎呀呀，你這傢伙也真冷淡。我真是又寂寞又孤獨喲。」根尾先生毫不介意，臉上揚起綽有餘裕的笑意，再度轉向我說：「既然如此，好，就聽我說說話如何？」

「你想說什麼？」

「你想聽什麼？」根尾先生晃動肥嘟嘟的雙頰笑道：「我就說你想聽的，就說你想聽的吧。」

「……」

「嗯？什麼？怎麼了？你怕了？莫非你怕了？」

「我沒什麼好怕的。」我靜靜地回答：「我沒有害怕的理由。我只是不信任多嘴饒舌的男人。皮笑肉不笑的人，肯定有所企圖。我不喜歡別人有所企圖。」

「你說話也挺毒的嘛。」根尾先生咚一聲拍打自己的額頭，這位仁兄的每個動作都很誇張，簡直是演過了頭。「先不管信任與否，你應該有些話想聽吧？例如兔吊木先生的事？」

「……」

「咦？怎麼了？你想聽吧？想聽兔吊木垓輔的事吧？」

兔吊木垓輔。

我自認沒有任何反應，但一聽見這個名字，肩膀便不禁微微抖動。在根尾先生眼裡，這大概就是肯定的暗號，「好！我知道了。」他誇張地擊掌。

「說得也是，你們是來見兔吊木先生的嘛。想聽兔吊木先生的事也是理所當然嗎？天經地義、理當如此。哎呀呀，兔吊木先生可是難得一見的人才呢，不，何止是人才，根本就是曠世奇才，那個人——」

「是變態。」

神足先生非常肯定地打斷根尾先生的臺詞。我朝神足先生一看，不，畢竟表情被頭髮遮住，想看也看不見，可是他的語氣跟剛才一模一樣，總之完全沒有責備或奚落他人的模樣，一副這是不移至理的態度。

「那傢伙是變態，絕對沒錯。」

「……原來如此。」

我也只能點頭。

這麼說來，志人君也對兔吊木做過同樣的評論，可是，批評在相同機構共同生活的同事是「變態」未免有失體統。這裡確實是非比尋常的化外之境，所長甚至被稱為「墮落三昧」，但正因如此，就連這種地方都如此看待的兔吊木「害惡細菌」垓輔，究竟又是何等人物？

我的想像終於到了窮途末路。

「說是變態太過分了啦，神足先生。再怎麼說，變態都太過分了，說話也該有個分寸。」根尾先生砰砰拍打毫無反應的神足先生肩膀。「的確有點奇怪，畢竟到這裡之後，**從未走出那個第七棟一步**，真是敗給他了。噯，不過我想他應該也不是博士那種研究狂——」

「是從未走出嗎？」

難道不是被囚禁嗎？原想如此反問，最後還是忍了下來。此時此刻辯贏根尾先生毫無意義，我也不認為自己能夠辯贏他。老實說，我對這種多嘴饒舌，而且超愛演戲的耍寶男一點辦法也沒有，應付某位黑暗突襲小姐還比較容易。

「對了對了，說到兔吊木先生，有一個相當有趣的小故事。」根尾先生一副突然想到似地擊掌說：「那是差不多半年前的事，有兩隻山豬啊——」

「你想說什麼，根尾先生？」

根尾先生再度被人打斷。這次的犯人不是神足先生，我朝聲音來源一看，只見志人君一臉不悅地杵在那裡俯視我們三人，鈴無小姐則站在志人君後面。既然如此，雖然看不見身材嬌小的玖渚，不過她鐵定就站在鈴無小姐背後。

「喲，大垣君。」根尾先生滿臉笑意，裝模作樣地舉起單手向他敬禮。「工作辛苦啦。」

「你倒是工作得很輕鬆嘛，根尾先生。」志人君略顯生氣地加強語氣道：「你在說什麼？你剛才是想跟這小子說什麼？」

居然叫我「這小子」。

「沒什麼，不是什麼要緊事，一點都不重要。我根本啥都沒說，因為我是沉默寡言的人嘛。只不過打個招呼，說聲嗨而已。對不對，神足先生？我說得沒錯吧？」

「我不知道。」

神足先生冷冷地丟下一句，接著從沙發站起。他掠過志人君旁邊，朝長廊後方走去，大概是要去博士的會客室。

「喂喂喂，真是傷腦筋耶。唉，你怎麼丟下我不管？等等我嘛。」根尾先生也隨神足先生抬起龐大的身軀。「呿……神足先生真是個急性子。喂，少年郎，這次就到這裡。我經常在所內遛達，搞不好很快就能碰面。屆時再聊吧，下次要好好聊聊喔。」

他不理會志人君，接著朝鈴無小姐和玖渚兩人行禮。

「哎呀哎呀，兩位美麗的小姐，請在咱們『墮落三昧』斜道卿壹郎研究所好好玩玩哪。」

腦袋瓜低到令人懷疑他要撲向地板，接著抬起身體，狂放恣肆地咧嘴一笑，「那再見了。」根尾先生向我說完，逕自朝神足先生追去。

「……伊字訣，那個人是誰？」鈴無小姐錯愕地問：「本姑娘好久沒被稱做美麗的小姐了。」

「人家也是。」玖渚也愣頭愣腦地盯著根尾先生的背影。「他到底是誰呢？阿伊。」

「根尾古新先生……他前面那位頭髮像皮膚一樣的是神足先生，神足雛善先生。」

話說回來，他剛才是說「那再見了」嗎？這是預期將再碰面的道別語。確實是偶遇率相當高的對象，既然如此，我倒是樹立了無謂的敵人。

「唉～～」志人君怏怏不樂地嘆氣。「那兩人真是魯莽……身為本所的研究人員，居然跟這種傢伙交談、跟這種傢伙說話，只能用愚昧一詞形容。」

咦？我好像被人羞辱了？

我不理會仍舊嘀咕不停的志人君，對他後面的鈴無小姐問道：「情況如何？」

嗯～～我也感染了根尾先生那種誇張的說話方式。「超順利喔。」鈴無小姐似乎也身受毒害，一副想要摟住我似地攤開雙臂，裝模作樣地說：「應該可以拭目以待吧？總之對方答應讓我們見兔吊木垓輔了。」

「對呀，阿伊。」玖渚搖晃藍髮說：「現在正要請小志帶我們去見小兔。」

「不許叫我小志！」志人君停止獨白，冷不防轉向我們。「你們別跟我裝熟！我不管你們跟博士有何關係，別跟我攀親帶故！」

「可是仔細一想，的確是小志哪。」我煞有介事地點頭。「十九歲的人叫十六歲的人時，有加上一個『小』字的義務。」

「胡說八道！你們在搞笑嗎？你們倆在搞笑嗎？嗯？」志人君對我怒吼。「給我放尊重點！莫非你是在拐彎取笑我？」

「我應該沒有拐彎才對，不過這是無法改變的事實……我也明白小志的心情，可惜這並非我一人所能決定之事。」

「如果真的不喜歡『小志』的話，那人家就叫你『靈芝草人』好了。」

「不准！你們要是再跟我裝熟，我真的要生氣啦！」

「知道了，小志。」

「瞭解，小志。」

我和玖渚剛說完，就同時慘遭鈴無小姐的暴力攻擊。

3

想不到離開研究棟時——換言之為了離開建築而通過玄關時，也必須刷卡、輸入密碼，以及進行聲音和網膜辨識。不光是進入，就連離開也必須經過如此繁複的手續，真是嚴密嚴密再嚴密，固若金湯，無懈可擊。進入第一棟時，志人君吩咐我們：「別隨便跑出建築物。」看來這根本是不可能的任務。

「第七棟往這裡走。」志人君一邊前進，一邊粗聲粗氣地說：「呿——為什麼我要帶這群傢伙……怎麼想這都不是我的工作。」

玖渚友和我走在他後方數步。「我在這裡參觀一下，偵查偵查。」鈴無小姐如此表示，仍在第一棟徘徊。鈴無小姐本身的好奇心很強，或許是想乘機看看什麼東西吧。目前正由美幸小姐帶她遊覽。美幸小姐美則美矣，好在不是少女，嗯，應該不會出亂子。

「話說回來，小友。」我向身旁的玖渚說：「妳究竟跟卿壹郎博士說了什麼？想不到這麼快就讓你們見面，這麼說可能有點悲觀或消極，我原本以為博士會向妳大發牢騷。」

「對呀，嗯，正是如此。就人家的角度來看，事情是一如預料，可是這種一如預料反而怪怪的。」玖渚摸著剛才被鈴無小姐攻擊的後腦勺說：「博士大概很有自信。」

「自信？」

「沒錯，對小兔有自信咩。博士果然是這種人……真的越來越鑽牛角尖了。畢竟發生了很多事，倒也不能怪他。研究者——不對，那就是學者的性格喔。與其說是性格，或許該說孽障比較正確。」

玖渚顯得有些悵然，猶如即將失去某種珍貴事物的惋惜神色。「話說回來，」我不知該對這樣的玖渚說什麼，困窘地轉開目光，改變話題。

「這種荒山野嶺怎麼拉電線？這裡有電線嗎？自來水跟瓦斯呢？電話線或許有。」

「天曉得。喏，是怎樣呢，小志？」

玖渚問志人君。「哈！」志人君索然無味地嗤笑，他大概已經適應這個稱呼，儘管一臉不悅，終究沒有反駁。

「**那是這個**啦。」他朝旁邊的建築物一指。「八成都是自行發電。研究跟實驗的耗電量很大，雖然也有公共電線，但不足的部分還是得自行設法。」

「喔～～那這棟建築物是——」

「第六棟。」

「第六棟內部是發電廠嗎？因為不是研究設施，原本還在想是幹什麼的，喔——」

我抬頭一看。乍看下跟剛才的第一棟和其他建築物差不多（也沒有窗戶）。「裡面該不會塞了核子反應爐吧？」

「怎麼可能做那麼危險的東西？白痴！」志人君輕鬆推翻我的疑慮。「是氫發電啦，氫發電。」

「什麼是氫發電？」

「就是用氫來發電嘛，這種事聽名字不就知道了。」

非常簡略的說明，但志人君似乎不願多加解釋，再度轉向前方，默默走在好像是進行「氫發電」的建築物與杉樹林之間的悠閒空間。兔吊木居住的第七棟大概是在第六棟的對面。既然數字是最新的，第七棟就是最後才建的嗎？

「不過，建築物與建築物靠得真近……」我一邊回想研究所的配置圖，一邊喃喃自語。「萬一發生地震或火災，這樣不是很危險嗎？」

「唔咿。」玖渚看著第一棟和第六棟，贊同似地頷首。「對呀，這大概是土地結構上的問題。山坡地有建築法等等的問題咩，這是人家聽小直說的。不過，應該比東京好吧？」

「嗯，這倒也是。可是妳不是既沒去過，也沒看過東京嗎？」

「阿伊也沒有呀。」

「可是我去過休士頓喔。」

「也沒什麼了不起咩。」

的確如此。

我不覺抬頭，雲層比剛才更厚了。明明還是黃昏，天空既已不見一絲日光，跟夜晚一樣黑壓壓的。足以稱為陰森的漆黑雲朵布滿天空。

——就在此時。

玖渚「砰咚」一聲撞上我的背脊。

「啊嗚，對不起，阿伊。」

「不，沒關係。」我退向一旁，讓玖渚先走。「我也在發呆，瞄了一下天空。」

「咦？啊，對呀，天氣不太好耶。好像快下雨了。喏，小志。」

「……什麼事？」志人君反問，可是語尾並未揚起。「莫非妳在叫我？」

「嗯，這裡標高是幾公尺？看起來比雲朵矮一點。」

「誰知道？」志人君苦不堪言地嘆氣。我也不便指責他人，可是志人君年紀輕輕，嘆氣聲聽來卻像歷經滄桑。「我怎麼可能知道這種事。」

「自己住的地方也不知道？」

「妳知道自己住的地方標高多少嗎？」

「唔咿。」玖渚雙手抱胸。志人君再度喟嘆，慢吞吞地前進。嗯，志人君也終於明白玖渚是難以應付的角色。對玖渚生氣，只是讓自己更加疲憊罷了。

「阿伊，怎麼了？快走唄。」

「啊啊，說得也是。」

我點點頭，若無其事地向後一瞥，再追上玖渚。我們後面是杉樹林，看不見任何人影。

「……」

我當然不是因為抬頭看天空才會跟玖渚撞在一起。我沒有風雅到如此熱衷欣賞烏雲的地步。就算看見灰濛濛的天空，我也頂多想到「啊啊，天空灰了，真的灰了。」我突然停步不是為了看雲，而是感到身後有某種詭異的氣息。倘若「詭異的氣息」這種表現太過含混不清，那我再說得具體一點吧。

我感到有一道視線從背後射來。

我不確定那是真的視線，總之有種「被人注視」、「被人觀察」的感覺。話雖如此，正如適才在第一棟未能及時察覺神足先生和根尾先生的登場，我對這種事沒有特別敏感；雖然沒有，但反過來說，也沒有特別遲鈍。既然有所感覺，我想十之八九不會錯。

然而，究竟是誰？我最先想到的是卿壹郎博士及其麾下的研究員（例如剛才的神足先生或根尾先生），不然就是博士的祕書美幸小姐，但應該不可能。志人君這位了不起的監視人員就在眼前，根本沒有雙重跟監的必要。

「……小友，妳最近做了什麼壞事嗎？」

「沒有耶，人家最近很乖。」玖渚滿臉疑竇地回答。「怎麼了？為什麼這樣問？做壞事的話，阿伊要處罰人家嗎？好興奮耶。」

「不，沒做就好。」

玖渚這陣子確實都窩在城咲的大樓進行某種詭異的作業，並沒有這類活動。就算那個「某種詭異的作業」本身大有問題，我想也不會有人為此追到這種深山窮谷。

莫非是某種動物？我將想法朝現實方向修正。這種解釋雖然有些牽強，但終究是唯一的合理解答。研究所周圍有一堵高牆，若是動物的話，大概也只有鳥類，既然如此，我連鳥類的視線都能察覺嗎？這又是一次能力大躍進，不過已是非人類範疇的能力。

「真是不二價的戲言……」

擁有此種能力者，一位紅色承包人就夠了。

在志人君的帶領下，我們穿過第六棟旁邊，拐彎之後，第七棟就躍入眼前。果然跟其他建築物一樣，沒有窗戶，宛如骰子般的建築物。尺寸比第六棟的發電廠略小，高度看起來差不多。

「嗯——」

就在這棟建築物內啊——集團中負責破壞活動的「害惡細菌」兔吊木垓輔。

玖渚不知為何牽起我的手。我朝她望去，只見玖渚跟我一樣若有所思，抬頭注視第七棟。我雖然不知她為何握住我，姑且還是反握回去。

「你們倆幹麼杵在那裡？」志人君莫名其妙地問：「喂！不是想見兔吊木先生嗎？快點跟上啦。」

志人君既已抵達玄關，在讀卡機前面不耐煩地雙手扠腰，用力蹬地。我握著玖渚的小手，朝他走去。

「我先警告你們……不論發生什麼都與我無關。我絕對不會插手喔。真是的，不論發生什麼事，我都不會幫你們的。」

「幫我們？什麼意思？」我聞言脖子一歪。「小志，你說話還真是教人摸不著頭緒。」

「你們煩不煩呀……小心我跟那個黑姊姊告狀。」志人君鬱鬱寡歡地瞅了我一眼。「呿……老叫我做這種工作……真是差別待遇。唉，罷了罷了。總之，不論兔吊木先生想做什麼，我都不會幫你們的。這點你們給我記好了。」

「你為什麼要幫我們？志人君。」我又問了一次。「我們又不是去見漢尼拔博士。難道兔吊木垓輔會吃掉我們的舌頭嗎？」

「……」

我只是開開玩笑，但志人君卻嘟囔：「大人英明咧，神探可倫坡。」接著將卡片插入讀卡機。輸入密碼，說：「大垣志人，ＩＤ是ikwe9f2ma444。」

厚重的門扉緩緩開啟，志人君當先進入，我和玖渚也跟著進入。「呿……居然遇上這種事……煩死了啦。」志人君喃喃自語，快步朝長廊後方前進。

「在四樓。」

志人君扔下這句話，用鑰匙打開走廊底端的鐵門，登上門後的樓梯。

「不搭電梯嗎？旁邊不就有了？」

「兔吊木先生不喜歡電梯啦。」志人君頭也不回地說：「從傳動軸到包廂都被他分解了，幾乎沒使用任何工具就**拆毀**了。」

「……」

我覷了玖渚一眼，她緬懷似地嘀咕：「小兔一點兒都沒變哩。」看來那並非打趣或隨口說說。原來如此，「變態」的「破壞專家」嗎？我感覺終於窺見兔吊木垓輔的一小部分。

我們爬完樓梯，抵達四樓，志人君又用另一把鑰匙開門，進入一條白色長廊。卿壹郎博士的第一棟——研究所中樞帶有大醫院的氛圍，第七棟則有大學校舍的感覺。這亦是由於這個空間缺乏人類氣息，沒有現實感，宛如置身主題樂園的詭譎感。

志人君立刻從長廊上並列的房門中選出一扇，站在前面。待我們抵達，志人君有所覺悟似地敲門。

「……」

沒有回應。志人君詫異蹙眉，再度敲門。可是仍然沒有回應，室內靜謐無聲。

「……怪了，博士應該有通知才對。」

「也許正在睡覺吧？」

「白痴！都接到通知了，怎麼可能在睡覺。」志人君有氣無力地看著我，接著又敲了一次門。「……真是怪了……」

志人君繼續敲了一會兒，最後終於放棄，輕輕嘆了一口氣，伸手握住門把。「我是大垣，我要進去囉，兔吊木先生。」他先表明身分，再將門向外一拉。

室內空無一人。

待志人君進入，我和玖渚亦魚貫而入。我一時對室內陳設微感吃驚。非但空無一人，而且除了正中央的一把折疊式鋼椅外，室內空無一物，我並沒有誇大，真的看不見任何物品。宛如剛剛完工，尚無人涉足的大樓，空空盪盪——對，就是非人類的空間。

「志人君，」我問他：「這裡是什麼房間？」

「咦？是兔吊木先生的私人房間。沒有工作時多半待在這……」

私人房間？這個房間哪裡有所謂的私人生活？這裡根本就找不到半點私人生活的影子吧？我無意識地漫步在這間六坪左右，空無一物的寬敞房間。

「喔～～這就是小兔的房間呀……」玖渚也學我在室內漫步。「嗯，原來如此……原來如此……原來如此嗎……嘻嘻嘻。」

她兀自點頭不已。這亦是兔吊木的風格嗎？「變態」這個形容詞似乎越來越傳神了。不，如果這叫風格，我想或許已經可以稱為「病態」。

志人君極度焦慮。先是不知所措地環顧室內，接著用力拍打牆壁。牆壁大概裝了吸音板，發出「喀」一聲毫無魄力的聲音。

「混帳……該不會是逃走——」

志人君咕噥到一半。

「本人並沒有逃。」

聲音從房門方向傳來。聽起來十分尖細，猶如雌鳥般的高昂語聲。

「志人君，拜託你別說這種失禮，而且錯誤的事，好嗎？只要正確，失禮也無妨。只要有禮，錯誤我亦能原諒。然而兩邊都做不到的話，那可就無法容忍了。完全無法容忍哪，志人君。莫非你認為我有什麼非逃不可的理由嗎？」

志人君回頭，我回頭，玖渚也回頭。

那裡有一個人，一名白袍男倚著門緣內側站立。

第一眼的印象是跟年輕外貌不甚搭調的白髮。體型中等，手腳細長。身材十分英挺，但白袍因此顯得過短。雙手分別戴著絲質白手套。五官乍看有些陰柔，不過下顎的少許鬍渣消除了娘娘腔的氣息。橘色太陽眼鏡，以及眼鏡後方的雙眸。那雙眼笑容可掬，但瞳孔深處毫無笑意。

這就是，這傢伙就是……

「吐——吐吐吐。」志人君一陣結巴，好不容易說出他的名字。「……吐、兔吊木先生——」

「對，就是兔吊木先生喔。」兔吊木豪邁地咧嘴一笑。「本人就是兔吊木垓輔。」

「那、那個……」

志人君向後退了一步，轉向兔吊木。那副模樣儼然像是「面對肉食獸的怯懦小動物」，就算如此形容亦不誇張的迥然大變。實在很難相信他就是剛才那個拍打牆壁，出言咒罵的人，志人君在兔吊木面前徹底萎縮。

萎縮。

沒錯，這絕非敬意或敬畏的表現。儘管非我所願，但我非常明白志人君的心情。如同自我心情般地理解，理解到令我生厭的程度。因為我對這位兔吊木的感覺，本人初次面對兔吊木垓輔的感想，恐怕跟志人君此刻的心情如出一轍。

話雖如此，志人君也好，我也好，當事人兔吊木垓輔完全不屑一顧，甚至連我們的影子都不放在眼裡，目光只俯視一個方向。那方向無庸贅言，就是那個方向。那裡別無他人，俏生生地站著一名藍髮少女，正揚起下顎仰視兔吊木的雙眸。

兔吊木重新扶正太陽眼鏡，右脣一撇，「——喲！死線之藍。」說完故意深深一鞠躬。

猶如成年男子向年幼少女俯首稱臣的異樣光景。

「兩年沒見了，我沒記錯吧？咦？妳換髮型了嗎？真是越來越可愛了。那件大衣怎麼了？那個意義非凡，彌足珍貴的回憶。呵呵，不論如何，能夠這樣與妳久別重逢，我真是感激涕零，感動萬分。」

「正確來說是相隔一年八個月十三天十四小時三十二分十五點零七秒喔，不過重逢到現在又過了十七點八二秒。嗯，對呀——**我**也很高興能夠這樣重逢。」

他的昔日領袖如是說。

「真的好久不見了，害惡細菌。」

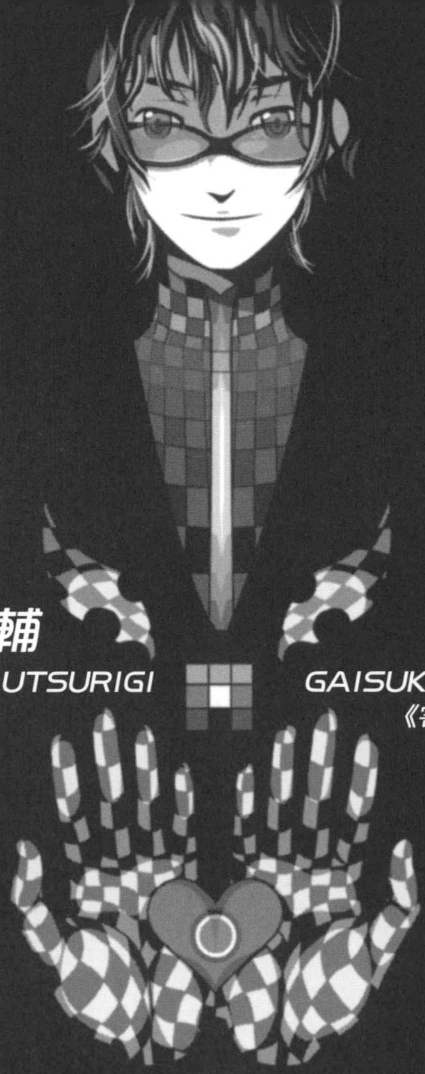

第一天（3）——藍之籠

0

努力必然會有結果，但結果未必導向成果。

1

「那個叫玖渚的小鬼啊……」志人君自言自語似地向我說：「……究竟是何許人也？那娘們到底是何方神聖？」

「嗯？」花了好些時間才察覺他是對我說話，我慢了一拍回答：「……就說她不是小鬼嘛。別看她那個樣子，其實已經十九了。」

「……喔。」

正常情況下，志人君此時該出言頂撞，他卻只是無精打采地點點頭。

地點是第七棟四樓吸菸室，我和志人君迎面對坐。我們都不吸菸，只是在此消磨時間；話雖如此，時間這玩意就算置之不理也會自行消磨，是故這種表現也不太正確。真要說起來，我們或許是為了避免被時間消磨而堅守於此。這是百分之百錯誤的假說，可是十分適合用來解釋目前的情況，是相當不錯的比喻。

我朝走廊後方瞟了一眼，焦點鎖定在一長排門扉裡的其中一扇，試圖凝視房門的另一側。不過畢竟相隔了一段距離，我也不像某座小島上的占卜師擁有千里眼，因此不可能透視房內的情況。我知道的也只有「死線之藍」和「害惡細菌」在那裡面談論某事。

我無從揣度兩人的對話內容，我對那種事一無所知。

「……兔吊木垓輔嗎……」

我語聲輕微、心情沉重地呢喃。

年紀應該是三十上下，我不知那頭白髮是後天染的或是少年白，總之差不多是這個年紀。有一種輕佻浮滑的氣質，光憑這種氣質就能斷定他這個人絕不簡單。比如某處有一條又粗又長的線，那麼一眼就能看出他是屬於彼岸之人。

一如紅色承包人，一如藍色學者。

「喂，你說呀，你倒是說說呀。」志人君這次略微加重語氣道：「那個叫玖渚的娘們，到底是何許人也？我在問你，你告訴我嘛。」

「……你認為我知道答案嗎？」

「你一定知道吧？你不是她的男朋友？」志人君湊過來說：「可以跟那個兔吊木先生對等交談的人，可以跟那個兔吊木垓輔站在同等立場說話的人，我可是頭一回見到哪。咱們這裡的所有人……就連博士都做不到。就算他們曾是『叢集』的同事，這也未免——」

「這種說法有點不對。」我出言糾正。「玖渚友和兔吊木垓輔並非對等的夥伴。以階級來說，玖渚的地位高於他，因為那丫頭是『集團』的領袖。」

「……真的嗎？」

「是真的。不過，就連我都還是半信半疑，不，差不多三信七疑吧？」我自嘲般地聳聳肩。「唉，真是非同小可的戲言。」

「太扯了。」志人君往沙發一靠，接著又重複第三次相同的問題。「所以……她究竟是何許人也？」

「你認為我知道嗎？」我也還以相同的答案。「你認為我知道這種事嗎？志人君。」

「……你也不知道嗎？」

我默不作聲，沉默於是變成一種肯定。

是的，我不知道。我不認識那種玖渚。與兔吊木垓輔對峙、交談時的玖渚友。被冠上「死線之藍」這種不穩妥、極端危險的名號的玖渚友。與**那種東西**相較，初次見面的人還比較容易理解。因為在這種情況，至少還能斷定對方乃是人類。

至於「死線之藍」……甚至連這件事都無法斷定。

「……」

截至目前為止，我究竟在看什麼？

不，不對，不是這樣。應該說截至目前為止，我究竟以為自己在看什麼？倘若要說戲言，這無疑就是此類。這真是天大誤會。截至目前為止，待在那丫頭身旁的我，到底看漏了多少東西？不對，我究竟有沒有一次，或者有沒有一瞬間真真正正地待在玖渚身旁過？正如那個兔吊木昔日相伴玖渚身旁一般，我究竟有沒有做到？

我明白了。

我終於知道自己對兔吊木，甚至是對集團那些人所抱持的情感為何。那並非嫉妒、羨慕或憧憬一類的高級情感，而是讓自己陷入自我厭惡的自卑感，是令自己煩躁不堪的絕望感，是對自己感到可悲的失望感。

愚蠢至極的無力感。

「喂，你沒事吧？」

志人君的呼喚讓我回過神來。猛一抬頭，只見他惶惶不安地看著我。「嗯，我沒事。」我搖搖頭說：「完全沒事。」

「真的嗎？你的表情看起來超悲愴耶。」

就連這位志人君都替我擔心，那想必是無與倫比的悲愴度。鐵定是可用慘不忍睹來形容的表情。儘管我自己無法想像，絕對就是如此。彷彿遭人背叛的這種心境，肯定有這種水準。

「背叛啊……我……真是太差勁了。」

低語完，我再度搖搖頭。接著以兩手用力拉扯雙頰，轉換心情。痛疼化為清水，喚醒沉潛的意識。好，煩惱與思考暫且拋諸腦後。現在，目前就先隨波逐流吧。自覺也好，不自覺也罷，我能為玖渚做的也只有這件事而已。

「志人君——你為何待在這種地方？」

「咦？什麼跟什麼？」志人君訝異反問。「你這是什麼意思？什麼叫我為何待在這種地方？」

「不想回答的話就算了。我只是隨便找個話題聊聊，加上覺得你這麼年輕就待在這種地方很奇怪。」

「這麼年輕？你這是在諷刺我嗎？」

志人君沉默半晌。我亦不期待他有所回應，並未繼續追問，但志人君又開口道：

「我喜歡那個博士。」

「那個博士……是指斜道卿壹郎博士？」

「廢話！雖然被世人稱為什麼『墮落三昧』，可是那個人很厲害喔。我不曉得那個玖渚是何方神聖，不過你也跟我一樣吧？」志人君轉向我。「你也是因為喜歡那娘們，才待在她身旁的吧？」

「什麼喜歡討厭的……這種才叫小鬼吧？志人君。」我緩緩搖頭。「事情沒這麼簡單。雖然並非絕對，但是沒這麼簡單。要是真的這麼簡單明瞭，那就幫了我一個大忙啦。」

「……」

「不，或許其實更簡單吧？搞不好其實更簡單。簡單到無法理解。簡單明瞭故而複雜難明——或許就是這麼一回事。那丫頭偶然在我面前出現，我偶然在她面前出現

——說不定只是時機剛好。喏，就像數位時鐘。乍看下數字一個不少，可是呀，本質也僅止於此，或許其中沒有任何理由。

「我不太明白。」

「我想也是。說到不明白，志人君，我想順便糾正一下你的一個觀點。我不是那丫頭的男朋友。我也不知道為什麼，可是常常被人誤會。我們不是這種關係，只是朋友喔，是朋友。」

「咦？朋友也未免感情太好了，男女有別耶。」

「朋友這種關係沒有什麼感情太好的問題吧？況且友情與性別無關……總而言之，雖然不曉得她的感受如何，但我不是很喜歡這種稱呼。志人君，你也不喜歡被稱為卿壹郎博士的男朋友吧？」

「……確實不太愉快。」

志人君雙手抱胸。

「這當然不愉快了。反正就是這麼一回事。凡事都想扯到男女情愛的想法不是我的風格。」我雙手一攤。「老實說，我女朋友另有其人。」

「真的假的？怎樣的娘們？」

「超一流千金大小姐學校的女高中生。今年高一，所以應該是十五歲吧？名叫西條玉藻，最喜歡亮晶晶的東西，長得挺可愛的潑辣少女。我愛她愛得無法自拔，經常結伴去吃霜淇淋，不過老是讓她請客。霜淇淋給她，我只吃酥皮捲筒。唉，誰叫我愛得比較深。」

「……聽起來有夠假。」

「因為有一半是假的。」

「哼，你果然是個大騙子。」

「而你是個大包子。」

「對對對，肚子餓的時候就像這樣桿起麵皮，再一個個包上餡料……聽你在放屁！」志人君咆哮。「我為什麼要在這裡陪你唱雙簧啦！」

「不，其實我也沒期待你會吐槽……」

捉弄志人君是一件有趣的事。

「開什麼玩笑！呸！」但志人君似乎一點也不覺得有趣，怫然不悅。「反正你這種人……啊，這麼說來，你叫什麼名字？我還沒問過吧？之前就只有你沒報上姓名。」

「咦？」我脖子一歪。就根尾先生他們的言論聽來，卿壹郎博士理應對我們做過事前調查，當然也可能因此得知我的姓名，莫非是沒能查出？也許是認為玖渚友的跟班無須稱謂。啊，不，不對。無論對方是否查出我的姓名，志人君被視為「玖渚友一行的導遊」，故而完全被蒙在鼓裡嗎？志人君剛才對博士表示了非比尋常的敬意，假若他得知自己的地位，還說得出相同的見解嗎？身為騙敵前先慘遭矇騙的夥伴。

「……」

嗯，大概說得出。況且只要博士稍加解釋，這也沒什麼大不了的。

「喂，幹麼？你沒名沒姓嗎？」

「呃……名字是幽靈E（註10）。」

「……喔。」

原本有些期待他的回嘴，可惜志人君這次不肯吐槽。不但不肯吐槽，反應還十分不識趣。

「呃……換句話說……因為有『E』，所以才叫『阿伊』？」

「正是如此，完全正確。」

「……」

「伊館郁夜（註11）亦可。」

「……」

志人君大概是對我萬念俱灰，垂首一聲嘆息，「反正你這種人啊，」就自顧自地轉回話題。「你這種人啊，就算知道我待在此處的理由，也是不可能理解的。這種事讓你理解還得了？」

「也對，誰都不希望別人輕易解讀自己的心情……這麼說來，我今年四月就遇見一個能夠透視他人內心的占卜師。」

10 Spooky E，上遠野浩平的小說《BOOGIEPOP》系列裡的人造人，雙手可以發射電磁波，對他人進行洗腦以及竄改記憶的行為。

11 清涼院流水的小說《COSMIC世紀末偵探神話》裡的一名被害者。

「咦？你又在玩吹牛皮的遊戲嗎？」

「要細分的話，這不是吹牛皮，而是戲言。簡單說，不管是志人君還是我，內心思緒在那個人面前都無所遁形。」

「是心理學高手嗎？」

不愧是理科出身者的解釋。「原來也有這種見解。」我點點頭。「志人君覺得這種人如何？」

「什麼如不如何的，當然很討厭了。」志人君脖子一歪，似乎不太明白我的問題。

「至少誰都不喜歡被他人洞悉內心想法，就像你剛才說的那樣。」

「不，我不是這個意思……我不是問你的心情，而是問你覺得對方的心情如何？完全洞悉他人的感覺。」

「很方便很好啊，就各種方面而言。」

「……方便嗎……或許吧。」

聽見志人君出乎意料的迅速回答，我點點頭。要是那位占卜師聽見，大概會對我們出言反駁。

啊啊，這麼說來。

那位占卜師雖然有讀心術……卻無法解讀玖渚友的心靈嗎？無法解讀的原因，我想是由於玖渚友的心靈太過深奧。相較於常人，玖渚的腦髓隨時都在處理極其龐大的情報，無法輕易解讀亦很正常。

就在此時，先前的神祕物體X……不，如今業已不再神祕的那臺業務用女僕機器人從吸菸室旁邊穿過。鐵製圓柱這次沒有將人類當成垃圾，朝長廊後方筆直離去。原來如此，每間研究棟內都有那種機器人嗎？

「志人君，聽說那個業務用女僕機器人是你做的？」

「咦？」志人君雙眉一皺。「那……呃……是沒錯，誰告訴你的？」

「根尾先生。」

「——那個傢伙。」志人君忿然咂嘴。「真是饒舌。」

「叫前輩那個傢伙成何體統？不過真了不起，能夠做出女僕機器人實在很厲害。嗯，雖然我比較喜歡傳統型女僕，可是那種新穎型的也不錯。」

「不許叫它女僕機器人！只有根尾先生才這樣叫。」

志人君並未特別得意或自滿，反倒是一副這點小事有什麼好誇讚的模樣說：「那種玩意根本算不了什麼。只要有零件和道具，那種東西連小學生都做得出來。」

「說得也是，這就是它與傳統型女僕的差異。」

我頻頻點頭，我還是喜歡傳統型的。

「……喏，志人君，我還有一個關於女僕的問題。」

「是什麼？」

「我聽說兔吊木從未離開過這裡，是真的嗎？」

「姑且不管這是哪門子關於女僕的問題……」志人君愕然反問：「這是誰告訴你

的？」

「這個嘛……也是根尾先生。」

「……」志人君僵在當場片刻。「……媽的，那個傢伙。」

「所以說，叫前輩那個傢伙成何體統？」

「那個傢伙就是那個傢伙，男人當然就是傢伙，我沒有錯。而且要談前輩後輩的話，我才是根尾先生的前輩，因為我的資歷比他久。根尾先生是這裡最資淺的……你說是真的，這又怎麼了？兔吊木先生一步都不離開這裡，對你有何不妥嗎？」

「不，倒不是這樣……」我隨口岔開話題。「不過，這裡還真是怪人集中營哪。兔吊木先生不用說，就連你也稱不上正常，卿壹郎博士、神足先生、根尾先生、心視老師也是。真是人才濟濟，英雄輩出，恆河沙數。『墮落三昧』並非只有卿壹郎博士而已嗎？。」

「我很正常，你別輕描淡寫地說這種失禮的話……咦？喂，除了神足先生和根尾先生之外，你連三好小姐都見過了嗎？」

「咦？不，不是這樣，只是聽過三好心視小姐的傳聞罷了。因為她是人體解剖學和生物解體學的權威嘛，這我也知道。」

「你沒騙我吧？唔，那個人的確很有名……到本所來之前工作的地方也是，你聽過或許也不奇怪。總歸一句話，我很正常。不僅是我，大家都很正常。從你這種凡人的觀點看來或許很怪，不過這是你的理解能力問題。」

「喔……也許是這樣。很可能是這樣。」

我點點頭，但不確定他所說的「大家」是否包括兔吊木。關於此點，我姑且不再追問。若是追問下去，勢必得提及玖渚。屆時，我就再無冷靜對話的自信。

「是我的理解能力問題嗎……」

是這樣嗎？也許是，也許不是。不過，一定是這樣，我想一定是這樣的。到頭來，問題又兜回我身上。還真是結構複雜，解答單純的邏輯。宛如莫非定律。

古有云，艱深算式的答案非零即一。

「『零』啊……」

此時驀然響起門鎖的喀嚓聲。我轉向聲音來源，只見玖渚正從房間出來。她反手闔上門，接著東張西望地四下梭巡，目光與我對上之後，倏地動作一頓。

「啊！發現阿伊了！」

玖渚說完，朝我奔來。全速跑到吸菸室之後，仍不減速，反而繼續加速，朝我撲來。我早已習慣玖渚的這種行為，便熟練地化解衝擊力，讓兩人不至受傷地迅速接住玖渚。

「嘿嘿嘿。」玖渚輕笑著將玉手繞過我的背脊，環抱住我。「人家回來了，阿伊。」

「……」瞬間的躊躇後，我立刻應道：「歡迎歸來，小友。」

一如往常，天經地義的氣氛。

暫時保持如此，這樣就好。

我如此告誡自己。

「……感謝兩位的激情演出，可是哪，」志人君不耐地哼道：「既然說完話了，快點回去吧。要親熱到別的地方去親熱。博士交代我，等你們見完面再把你們帶到他那裡。」

「與其說是助手，你根本就是雜役嘛。」

「囉嗦！小心我殺了你！」

志人君怒叱（生氣也很正常嗎？），魯莽地站起。接著貿貿然地邁步離去。我欲要追上前，但玖渚不肯鬆手，我根本站不起來。

「喂，小友，等一下要抱多久都讓妳抱，妳先鬆手。」

「嗯～～可以是可以。」玖渚說完，意外聽話地離開我。接著對志人說：「小志，等一下。」

「咦？為什麼我必須等一下？妳也要抱我嗎？」

「人家才不要。那個呀，小兔說……」玖渚倏然睇了我一眼，目光又立刻轉回志人君。「小兔說想跟阿伊講話。」

「咦？妳說什麼？」「咦？什麼跟什麼？」

志人君的錯愕聲，以及我的驚呼聲同時唱起雙重奏。志人君是男低音，我是男高音。但男子雙人短合唱並不悅耳。志人君和我之間蕩漾著一股尷尬的空氣，我極欲將之揮開似地重新尋問玖渚：「妳說什麼？」

「所以呀，小兔說想要跟阿伊講話。」

「真的嗎？」

「為什麼？」志人君怒罵般，不，是吼叫似地說：「為什麼兔吊木先生想跟這種傢伙說話？」

「這次變成了『這種傢伙』嗎……你才應該聽聽鈴無小姐說教。」我傻眼嘆息。「不過我完全贊成你的意見。小友，為什麼兔吊木想跟我說話？」

「唔，不知道。」玖渚的回答非常冷淡。「反正人家準備離開房間時，小兔就說『可以帶剛才那個眼睛像死魚一樣的青年過來嗎？我想跟他單獨聊聊』。」

「他只說了『眼睛像死魚一樣的青年』吧？既然如此，也可能是志人君。」

「不可能。」「不可能咩。」

這次是女高音和男低音的雙重奏。

「一定是你。」「一定是阿伊喲。」「絕對不會錯。」「絕對不會錯的。」

連輪唱都開始了。我的腦袋亂成一團。「不，總之，」我勉強打斷兩人的輪唱。「就先不管我的眼睛長得如何，為什麼兔吊木要叫我過去？」

「就說不知道了咩，不要問人家啦。你去不就知道了？」玖渚說完，朝剛才離開的房門一指。「機會難得，阿伊就去聊聊吧。一定會很開心的，人家在這裡等。」

玖渚「唰」一聲在沙發坐下。「搞什麼飛機？呿！」志人君從走廊折回，一邊抱怨，也跟著坐下。

「你們這群人一來，真是麻煩事不斷。你快去啦，我也在這裡等。」

「你想先走也沒關係。」

「我先走你們不就出不去了？你以為我幹麼在這裡浪費時間？」志人君砰一聲拍打茶几。「喂，快去快回啦。」

「好啦……我知道了嘛。」

看樣子是非去不可。我不曉得兔吊木為何叫我，但我亦別無選擇。儘管不願，但也只能赴約。「妳自己小心，有事就大聲叫我。」我背著志人君對玖渚耳語，然後沿著長廊來到那扇門前。

「喂。」我忽然轉向玖渚說：「小友，妳跟兔吊木談得如何？」

「很開心呀。」

簡潔的答案，確實很有玖渚風格的回答。然而，我如今既已搞不清這種「風格」。玖渚友的風格到底是什麼風格？如此單純的東西逐漸混濁，變得曖昧難明。猶如左右翻轉的劣化拷貝，變得模糊不清。

我對玖渚的心情是如此，而玖渚對我的心情亦如是。

抑或者，這正是我的固執之處。至少與志人君並坐在吸菸室的玖渚友，是我所熟悉的玖渚友，我邊想邊敲門，然後握住門把一拉。

「哎——你好。」

冷不防。

我尚未進入房間，室內就傳來這種高音。就算告訴我那是女性所有，我都能信以為真，彷彿逼尖喉嚨的嗓音；但絕不柔弱，猶如尖銳刀械的聲音。

我步入室內，反手闔上門，也同樣對他說道：「你好。」兔吊木聞言，和藹可親地笑了。

他坐在室內唯一的家具——折疊式鋼椅。翹著二郎腿，毫無防備地對著我。下顎微揚，由下朝上窺探我的神情。

我開不了口。當著兔吊木，我一句話都擠不出來。

「——你別這麼僵硬好嗎？」最後兔吊木主動開口。「剛才短暫見面時也是，你為何像是將我看成了不共戴天的仇敵呢？我好久沒這樣跟人類說話了。我還沒對你做過任何事吧？喏，志人君是那副模樣，見了我既不肯開口，也不肯看我，甚至不願靠近我，其他人則是完全不來這裡。我這個人其實很愛熱鬧，向來很怕寂寞。真是寂寞、寂寞得要死。求求你，跟我說說話吧？」

「好久？」

我對這個字微感詫異。同時，緊張的心情亦略微緩和。至少是可以溝通的對象。我挪了挪位置，與兔吊木保持一定距離，將身體靠向右側牆壁。接著，再將身體轉向兔吊木。

「什麼意思？你不是才剛跟玖渚講過話？」

「跟『死線之藍』？喂喂喂。」兔吊木嗤嗤偷笑。非常人性化的自然舉動，可是正因為自然，反而有一種不協調之感。「饒了我吧。你這樣說，我就不知該如何應對了。你應該是最清楚的吧？難不成你將死線之藍——玖渚友定義成人類？」

「……」

「沒有人能夠跟**那個東西**溝通，不論是我、你，或者任何人都不可能。我說得沒錯吧？」

兔吊木徵求我的同意，眼神笑意不減，但雙眸深處毫無一絲輕佻。表情宛如在搜索對方的弱點。「我想沒這回事。」我隨口應道：「話說回來，兔吊木先生。」

「兔吊木就好。還有，你別杵在那裡，坐下來如何？」

「地板嗎？」

「打掃過了，很乾淨的。不過打掃的不是我，而是由志人君做的機械代勞。」

「我站著就好。」

「是嗎？」兔吊木點點頭。

我增加倚靠牆壁的身體重量，略微減少左腳負擔。這是為了隨時都能奔跑。儘管覺得沒有這種必要，但凡事還是小心為上。

「兔吊木先生有話要跟我說嗎？」

「我不是說兔吊木就好？」兔吊木搖晃肩膀。「我向來不喜歡被別人叫『先生』。你亦沒理由如此尊稱我，我甚至想叫志人君別這樣叫了。唉，真是傷腦筋。『叢集』的成員都是直呼其名，聽起來順耳多了。」

「……『叢集』是什麼？」我提出一直很在意的問題。「到這裡之後聽過這個名稱好幾次……是『集團』的別稱嗎？」

「別稱這種說法並不全然正確。」兔吊木豎起一根手指說：「我們根本就沒有名稱，所以每個人都是隨意稱呼。我基本上是叫它『叢集』，而該名稱就在此普及，哎，就是我讓它普及的。『凶獸』那小子是叫它『團體』（Mate），『罪惡夜行』（Reverse Cruise）則是稱之『矛盾集合』（Russell）（註12），『雙重世界』取了『領域內部』（Inside）這種風雅的名稱。不僅是因為排他性，因為**那個東西**最喜歡語言遊戲。還有還有……呵呵，嗯，反正就是五花八門，隨心所欲。有些人甚至每次用的名稱都不盡相同，所以我們沒有別稱、學名、本名。我以『叢集』稱呼我們，如此而已……至於『死線之藍』，則是稱為『集團』。」

集團。

我聞言心頭一陣揪痛。

「喲！好不容易放鬆的表情又僵硬啦？我說了什麼令你不快的話嗎？如果是這樣就抱歉了。畢竟跟人類說話的機會不多，所以我不太擅長圓滑的溝通方式。你別介意。」

「不，無所謂，我不在意。話說回來，兔吊木先生。」

「不是叫你別稱我『先生』……唉，也罷，反正我也不認為凡事都能如願以償。繼續說，什麼事？」

12 源自羅素悖論（Russell's paradox），由哲學家伯特蘭•羅素提出。

「你跟玖渚說了什麼？」

「你……」兔吊木先是一陣沉默，接著說：「叫她『玖渚』？」

「……你回答我的問題呀。」

「你回答完，我就回答，輪流發問吧？由我先提問，你平常是怎麼稱呼『死線』的？例如我稱我們是『叢集』，你又是怎麼稱呼她的呢？」

「……」

「順道一提，本人兔吊木垓輔當面叫她時是用『死線之藍』，與第三者交談時，有時亦會使用該名稱，若是站在第三者的立場，則是用『玖渚友』。若是講述概念性的問題，有時亦會略稱為『死線』。代名詞則使用『她』，偶爾也會使用『那個東西』，大概就是這幾種。」

我不知這個問題意圖為何，不覺有些猶豫。但再怎麼想，都不像是心懷不軌的提問。既然如此，是單純出於興趣嗎？我最後決定老實回答。

「跟那丫頭直接交談時叫她『小友』，代名詞則使用『妳』。現在這樣跟第三者談論她時，名字是使用『玖渚』，代名詞則是『那丫頭』或『她』。唯一的例外就是跟直先生……跟玖渚的哥哥談論玖渚時，我都是說『令妹』，因為那個人不喜歡別人直呼他妹妹的名字。」

「簡直就像在談陌生人的事哪。不，這也不是壞事，反正過去的自己亦與陌生人無異。」兔吊木說到此處，「嗯，小友、玖渚、妳、她、令妹啊……」忽地開始喃喃重複我的臺詞。

「原來如此……原來你是這種人。瞭解瞭解，我明白了。」

「這是某種心理測驗嗎？」由於心情比剛才輕鬆，我自然而然地出口揶揄。「所以呢？我對玖渚抱持何種扭曲的情感？」

「這種事不說為妙，不，應該說眼不見為淨嗎？」兔吊木不為所動。「不過，你還真是陰鬱，眼睛就像死魚一樣。」

「死魚眼也太那個了，博士還誇我『好眼力』呢。」

「確實是好眼力，好個墮落的眼力。這樣面對面，不禁讓我想起『凶獸』。」

兔吊木眉開眼笑，似乎頗為開心。我無法判斷他是單純跟我聊得很開心，還是覺得觀察我很有趣，或者只是強顏歡笑，其實一點都不開心。

「……我已經答過了，請你回答我，兔吊木先生。你跟玖渚說了什麼？」

「這種事你也猜得到吧？你覺得我們說了什麼？」

「……」

「啊啊，抱歉抱歉。沒關係的，我不是蘇格拉底，雖然常常有人說我的鼻子跟他很像。反問對方問題，讓對方思考的手段並不壞，不過並非我的風格。真要說起來，本人是喋喋不休的饒舌型。」

「真的嗎？」

「嗯，『死線之藍』當然是對我說——**我讓你離開這裡。**」

兔吊木自豪地說。彷彿能夠讓玖渚說出這種話，就是至高無上的幸福。

「……結果你怎麼回答？」

「我拒絕了，這還用說？」兔吊木一副何必多此一問地說：「另外也說了許多事，不過都是私人話題，希望你別多問。你也不想聽我是如何處理性慾的吧？」

是嗎？不，的確不想知道。

「拒絕了？」

「我就這樣揮揮手說『哎呀，免了』……別用那種眼神看我，你是沒有幽默感嗎？何必老是這樣瞪人？鯨魚不是魚喔。」

或許是覺得自己說的笑話很有趣，兔吊木竊笑不止。那是跟髮色一樣，與實際年齡不符的幼稚動作。

「一人問一次，現在該我問吧？順序要分清楚才行。」

「……那麼，請。」我半敷衍了事地應道：「可是，你還有問題想問我嗎？」

「有，問題可多了。」

似乎很多。

「那麼先來記直拳……你跟玖渚友接吻了嗎？」

「……」

心情實在難以言喻。

「順道一提，本人沒有。」

廢話！這種年齡差距，要是對未成年者做這種事，乃是無可酌量的犯罪行為。何止是社會犯罪，根本就是人性犯罪。

「所以，你又如何？」

「……有。」我這次是完全敷衍了事地回答。「這又怎麼了？」

「不，覺得很羨慕而已，繼續說下去。」

「什麼繼續說下去？接下來是換我發問吧？」我抬頭盯著心神恍惚的吊兔木。「為什麼拒絕？你不想離開這裡嗎？」

「你們說話還真奇怪，『死線之藍』也是，你也是。」兔吊木倏然一臉無趣地道：「你們真會說這種非常、極端奇怪之事。本人是以特別研究員的身分受聘於此，不但有薪水，福利也相當不錯。既未遭到軟禁，亦未被監禁。」

「……可是我聽說斜道卿壹郎博士近一年的業績——以**個人名義**向玖渚家族呈報的研究成果、學術績效，其中九成均是出自兔吊木垓輔，**其實都是出自你之手**。」

「哎，這我就不知道了。完全不曉得你在說什麼，也沒聽過這種事。應該是捏造的吧？」兔吊木嘻嘻哈哈。「畢竟這世上有許多嫉妒他人成功的流言蜚語。」

「如果不是被幽禁，那兔吊木先生，你有辦法自行離開這裡，離開這座研究機構……不，你有辦法自行離開第七棟嗎？」我連珠炮似地說：「舉例來說，你有刷讀卡機的研究員識別證嗎？有進行聲紋登記、網膜登記嗎？」

「……」

兔吊木默然，接著瞇起一隻眼睛緊盯我。我故意、半強迫地不予以理會，繼續侃侃而談。

「你有離開這裡過嗎？我聽說是沒有喔……將自己的技術全數提供給卿壹郎博士，被徹底限制自由，你這樣還堅稱自己沒有離開這裡的必要嗎？」

「真敢說哪，**小毛頭**。」兔吊木閉上雙眼，接著睜開右眼，說：「年紀輕輕就想跟本人談自由？十九來歲的自由，憑什麼大放厥詞？你倒是很狂妄嘛。」

「……根據玖渚的說法……不，更正確來說，根據小豹的說法，卿壹郎博士握有你的**某項弱點**，你才被拘禁於此——」

「呵呵！『弱點』嗎？」兔吊木雙掌在胸前用力一拍，室內響起乾澀的聲響。「『弱點』倒是不錯！那個『凶獸』真會搞這種語言遊戲！笑死人了，太有趣了。世上竟有如此趣事。」

「……請回答問題，兔吊木先生。」

「呵呵呵，呵呵呵，要我回答問題？好，我就回答你，小毛頭。」兔吊木停止狂笑，緩緩抬頭。「舉例來說……你知道豬這種生物嗎？牛或雞亦可。」

「我當然知道豬。」

「那就好。既然如此，你當然也知道家豬是山豬家畜化而成的生物吧？牛和雞儘管並未經過品種改良，嗯，不過亦很類似，被人類視為家畜。你對家畜的看法如何？他們——姑且就稱之為『他們』——你認為他們這種生物敗給了人類嗎？」

「……不是嗎？」

「不是，何止不是，根本就是相反。到頭來，被家畜化之後，被改良之後，他們更加興盛。接受人類的保護，由人類進行飼育，由人類進行生產，生命體勢力有了飛躍的進步。透過與人類的共生……不，是透過對人類的**寄生**，他們獲得不動如山的生命體勢力，不是嗎？」

「——聽起來只像是狡辯。」

「狡辯也好，辯贏者贏。不管黑貓白貓，會抓老鼠便是好貓。言歸正傳，我目前所處的狀況真的這麼糟糕嗎？坐擁整棟研究建築，亦可這樣與你對話。儘管行動受限，但其他人又何嘗不是？這世上有不受束縛的人生嗎？比起那些每天在家看電視，只跟固定對象來往，只在有限空間移動的人，我覺得自己更加自由。至少我的精神是無限自由的。」

「我不認為這是你的真心話。」

「怎麼想是你的**自由**，我不打算束縛你。」

兔吊木這時換了一個語氣，「那換我問你，」他說：「你跟玖渚睡過嗎？」

「……我接下來要一直接受這種性騷擾的提問嗎？」

「有什麼關係？機會難得，咱們兩個男人來談談心吧。」兔吊木露出歐吉桑的猥瑣表情。「順道一提，我沒跟『死線之藍』睡過。」

「廢話！有的話就是犯罪了。」我用左手蓋住雙眼。「我也沒有。」

「沒有嗎？」他甚為不解。「咦？怎麼可能，你在騙我吧？」

「是真的，這種事誰會開玩笑？這類行為完全……呃，雖然不是沒有，多半都是未遂。」暗咒事情為何演變至斯，我盡量語氣平淡地應道。「這樣滿足了嗎？」

「唔——不，不太滿意，不可能這樣。」兔吊木雙手抱胸沉吟：「你是正常的男性吧？沒有特殊性癖吧？莫非現在對我春心蕩漾？」

鬼才對你春心蕩漾！

我不理會兔吊木，開始提問。

「總之兔吊木先生，你不打算離開這裡？」

「不是這個意思，不是不打算離開，而是沒有非離開不可的理由。舉例來說，『死線之藍』平常不是在京都大樓過著足不出戶的生活？你會勉強拖她出門嗎？不可能吧？她沒有必須外出的理由，因為她對這種居家生活感到滿意，誰都不會因此困擾。我也是如此。沒必要為了知道宇宙很廣大而上太空吧？」

「換句話說，對兔吊木先生來說，玖渚這次的行動是多此一舉？」

「喂喂喂，這種挑撥性的言論有點卑鄙喔。」兔吊木打趣似地揚起右眉。「我當然不是這個意思。我對玖渚友的好意感到很開心，甚至非常感動。而且，撇開此事不談，能夠與『死線』再會，我都很高興。就這層意義來說，我也很感謝陪同玖渚前來的你，謝謝。」

「……不客氣。」

我喟然而嘆。他果然是饒舌型的男子。不論從哪個方向進攻，電波均被對方擊潰，最後吞噬殆盡。

看起來只像是怪叔叔，但這傢伙畢竟是玖渚友的夥伴，絕對不可等閒視之。

「好，換我了。總而言之，你無法將玖渚友，無法將那少女視為一名女性，對你來說，她是友愛的對象，而非戀愛的對象嗎？」

喔！這次的問題比較正經了。

「簡言之，你對玖渚友的蘿莉身材沒興趣？」

「……」

竟對他有所期待，是我太愚蠢了。

「順道一提，本人倒是興致勃勃……開玩笑的，你別逃啊，別奪門而出。我怎麼可能有興趣？我比她大十五歲喔！哪可能做這種事？在本人故鄉，蘿莉控就像是寒暄的玩笑話，真的！這點程度就退縮的話，你在本人故鄉鐵定無法生存。拜託拜託，別用那種疑神疑鬼的目光看我。」

「……啊啊。」

我下定決心，不論發生什麼事，此生絕對不去這傢伙的故鄉，同時暗忖志人君和神足先生所說的「變態」，難不成是這個意思？若然，亦不難理解志人君何以那般畏怯。我悄悄換成可以隨時抽出右胸刀子的姿勢。

「你不但跟玖渚接吻，也跟她擁抱，但其實這些都是對妹妹的親情嗎？你的意思是說，玖渚友對你而言是妹妹嗎？這也不壞，只能將對方視為妹妹，就某種意味來說，是對女性的最高讚美。」

「……」

「順道一提，我有兩位妹妹——」

「我不想聽。」我問不容髮地打斷他。「而且日本人一般是不會跟妹妹接吻的，也不會擁抱。」

「什麼？真的嗎？」兔吊木頗為驚訝地瞪大雙眼。「——是這樣嗎？哎呀，真是上了一課，謝謝。認識你真好。」

「啊……」非常令人不快的感謝。「總之，玖渚不是妹妹，至少我從未如此想過。或許有如家人般親近，但這是距離問題。」

「喔～～你的表情就像家人這東西可有可無。呵呵，我終於知道問題點在哪了。」問題點？他究竟是看見什麼事的問題點？從我的角度來看，這位名叫兔吊木的男子才是目前的唯一問題。我突然想趕快結束這場對話，離開房間。

我之所以沒離開，就是因為兔吊木曾是玖渚的「夥伴」吧。不，這絕非過去式，就連現在，兩人都視對方為夥伴，而基於這層關係，我才在此繼續與他對話。我如此自我分析。

「那麼——」我接口道，再環顧這個空無一物的房間。「——你為何將這種什麼都沒有的房間當成私人房間？」

「喲！轉變話題嗎？原來如此，改採攻其不備的戰術嗎？嗯，不壞不壞，好個明智之舉。還真不能小覷你這個娃娃臉，你似乎比外表更聰明。」兔吊木眉飛色舞。「答案很簡單，我不喜歡雜亂無章。其實就連這個——就連這張椅子都不想要，可是這樣未免有點病態。」

「現在已經十分病態了。」

「哎，你放心。其他房間就很零亂。不亂的房間也有，但也絕非井然有序。我不太會整理，畢竟我是破壞專家。四樓整層都是我的私人空間，有機會的話，你不妨到二、三樓看看。工作場所就跟夢幻島一樣雜亂。」

「不用了。」我拒絕兔吊木的邀約。「那裡也有很多機密吧？志人君一定會罵我的。況且我們之所以在此會面，我想正是因為這個理由。」

「卿壹郎先生確實是如此說的……呵呵，他還真是麻煩先生哪。」

兔吊木以「他」來稱呼卿壹郎博士的表情，至少我看不出有怒氣、怨恨等等，被囚禁於這種空間者應有的情緒；話雖如此，亦看不出有對自己的所長應有的敬畏或好意。

唉……完全猜不透這傢伙在想什麼。

「那換我了。」

「請手下留情。」

「包在本人身上。」兔吊木老氣橫秋地答應。「問題來了！你對異性有多少興趣？」

「……跟正常人差不多。」一邊忍受依然如故的性騷擾，我一邊答道：「這還用說？」

「呵呵，我不是這個意思。」不知是否明白我的心情，兔吊木更為老氣橫秋地說：「此刻有機會引用昔日『叢集』成員『雙重世界』的言論，本人不勝欣喜。沒什麼比講述引以為傲的友人事跡更令人高興了。」

「……」

雙重世界。

就是玖渚所說的「小日」嗎？

「引用什麼言論？」

「那傢伙談論女人時的言論。『假設這裡有一隻狗。我既不會踹那隻狗，亦不會拿磚頭打牠的頭。如果牠肚子餓了，而我手裡有麵包，應該就會給牠吃。如果牠搖尾走到我的腳畔，我就會摸摸牠的頭，如果牠翻過身子，我也會搔搔牠的肚皮。必要的話，讓牠在室內亂走亦無妨。就算牠咬我的手臂，我大概也會原諒牠；可是，就算如此，我也不想透過頸圈跟那隻狗串在一起。』」

「……這位引以為傲的友人還真是無趣哪，兔吊木先生。」我老實陳述感想。「將女性與狗一視同仁是不行的喔。」

「呵呵，『凶獸』也說過這種話。結果『雙重世界』如此回答：『喔！這麼說的話，你只將狗當成低於人類的垃圾生命體。嗯，你是徹頭徹尾的歧視主義者。哈哈哈，原來你是偽君子？哎呀呀，真是卑鄙無恥的男人，乾脆死了算了。不過呢，你這種人活著本來就沒啥意義。活著只會造成他人困擾，死了才初次令旁人感到安心嗎？唯有一死才能有所貢獻，簡直是比狗還不如。原來如此，以為你是印度豹，結果竟是小狗狗？你這小子真搞笑，喂，小狗狗，可不可以幫我搜尋搜尋？例如骨頭之類的。』順道一提，兩人接下來就扭打成一團了。」

「……挺快樂的嘛。」

實在難以評論，我於是隨口應道。

「我們之間沒有快樂這種感情。言歸正傳，既然玖渚友對你來說不是妹妹，那麼寵物呢？」

「……」

「實際上，她就跟狗一樣忠實吧？**對於你啊**。」

話中有話的語氣。自信滿滿的態度宛若在宣告「本人還有王牌沒秀出來呢」，實在不像是裝模作樣或故弄玄虛。

「對你來說，『死線之藍』確實是很方便的存在。畢竟她是玖渚家的直系血親，是爽快資助那種『墮落三昧』在深山大舉興建研究所的一族之孫。即便已被逐出家門，其影響力亦不容小覷。再加上親哥哥玖渚直，家族裡亦不乏支持她的人。只要待在她身邊，你的人生不啻是有了保障。」

「……」

「加上她又是那樣，不但一頭藍髮，而且那種年紀，身體卻與少女無異，儘管古怪之處甚多，但客觀來說是很可愛的女孩。非常非常可愛，確實是**引人遐思**的女孩。能夠讓這種女孩對自己百依百順，對自己唯命是從，對男人來說是難以抗拒之事。」

「這聽起來不太舒服。」我打斷兔吊木的臺詞。「我看起來像這種人嗎？」

「……呵呵，你這種男人也會生氣啊。」兔吊木臉上浮起「你上鉤啦」的神情。「是因為自己被侮辱？還是因為對玖渚友的感情被侮辱？或是因為想法被識破？」

「我沒有生氣，只是說這聽起來不太舒服。」

「會嗎？我很舒服喔，舒服極了。因為是對朋友的朋友講述朋友的事。這種喜悅並不常見……你對電腦有多熟悉？」

「稱不上厲害。」一邊提防對方突然改變話題，我答道：「不過修過電子工學方面的課程。」

「啊啊，這麼說來，『死線』也說過哪。你曾經跟ER3系統那個巨大的知識銀行有瓜葛嗎？」兔吊木兀自點頭不已。「原來如此、原來如此，我明白了，難怪你比外表更聰明。」

「玖渚說過我的事？」

「嗯啊，你想知道她說了什麼？你想知道玖渚友使用什麼名詞來代表你？」

「不，免了。」

我立刻謝絕，兔吊木彷彿看出了什麼，微微一笑。令人討厭的微笑。

「……電腦是人類開發的裝置裡最、最、最優秀的裝置。這不僅是硬體，軟體方面亦然。遵循嚴密的程式，按照一般人無法領悟的原理，進行超高速運轉。將一切化為可能，基於與人類大相逕庭的語言運作，不消五分鐘就抵達人類花費百年才終於靠近的境地；但另一方面，即便是這般難解、複雜的裝置，普通凡人亦能操控。只要關掉開關，電腦立刻停止。有人認為正因如此，電腦才能在人類之間興盛，因為操控電腦的行為滿足人類內心渴望『將優於自己的存在踩在腳下』的欲望。」

「我——」

「不論對象為何，人類都想掌控主導權。好，稍微偷窺過人類的齷齪欲望，再回到玖渚友的話題吧。她絕對是天才，而最值得一提的乃是猶如裝了超大容量硬碟的腦內記憶力，人類極限的RAM。只要看過一次她寫的程式，任何人都將沉迷其中。所謂的美麗，就是毫無虛度靡擲，在任何意義上均無多餘或不必要。『死線之藍』創造的程式，沒有絲毫多餘。不僅是程式，以技術者身分製作的硬體，諸如主機板或CPU亦無任何浪費。就『毫無浪費』這點來說，『死線之藍』遙遙領先『叢集』的其他成員。」

「……」

「你知道『死線之藍』幼時被人如何稱呼嗎？你自然知道，不可能不曉得。就是『savant』這個名詞而已，不用說這是源自法語，英文叫做『genius』，日語則稱為『天才』，至於德語也好、中文也好、斯瓦希里語（註13）也好，意義都一樣，因為才能

13　非洲的代表性語言，屬班圖語族（Bantu），通用於非洲東部至中部的廣大地區。

沒有國境。當我仍是孤身隻影的駭客，當我仍在幻想自己是孑然一身的那個時代，聽聞玖渚家族的直系孫女擁有如此天賦，老實說真令我戰慄不已。」

「戰慄……嗎？」

「戰慄、戰慄，正是戰慄。我們這群人雖然話不投機，唯獨這點大家感受都一樣吧？其中也有人基於嫉妒、或者出於仰慕而找過她吧？本人亦用盡各種手段只為與玖渚友接觸……儘管當時的心情比較像是『與敵方接觸』，但不愧是玖渚機關，確實不好對付，我只能放棄。所以當她為了籌組『叢集』而主動找上我……我忍不住喜極而泣。這可不是誇大其辭，我真的哭了。你想笑就笑吧，因為三十幾歲的大男人居然被十四歲的小丫頭拯救。」

「……」

我當然不可能笑。

根本就笑不出來。

「唉，我也覺得是鬧劇一場，真是超級滑稽的鬧劇。你想想看，集結世界最頂尖的頭腦——呵呵，自己說也很不好意思，集結九個世界最頂尖的頭腦，搞出來的竟是小孩子的遊戲。這真是糟蹋才能、揮霍天才的的極致之舉。事實上——我們若將自己的力量運用在更為**正經的**地方——假使我們站在正義的陣營，地球也許就能變成更加美好的行星。喏，你覺得我在吹牛嗎？」

「——我不覺得。如果你們保持善良，拯救世界確實易如反掌；然而，這是不可能的假設。到頭來，天才就是這麼一回事吧？你們『叢集』的九個人——包括玖渚在內的九個人並非例外。這間研究所的成員是如此，我迄今見過的天才們也都不正經。所謂的不正經，並非單指『從社會角度來看』的意思。所有天才……都在某方面脫軌了，品格高尚的天才反而是例外中的例外。我呀，才不會像做夢的少女般期待天賦異稟者的人格。」

「這是在歧視做夢的少女嗎？」

「為什麼這樣說？至少我喜歡做夢的少女勝於做夢的歐吉桑。」

「你在說我嗎？可是，嗯，正如你所言。許多天才都有不適應社會的問題。或者該說，社會本身就對天賦異稟者很不友善，畢竟誰都不會對可能掠奪其利益的天才有好感。」

「……請適可而止，兔吊木先生。」我終於忍不住說：「有話想說的話，不如就說清楚講明白吧？拐彎抹角也該有個限度。不，這不是拐彎抹角，根本就是冗詞贅句。套句歌德的話，假如你是小說，我此刻就將停止閱讀。」

「那真是太可惜了，精彩劇情才要開始哪。」

「我倒是看不出來。」

「不將自己沒興趣的書本扔向牆壁，全部讀完才叫勇氣……聽說是這樣喔，太宰治說的。怕寂寞的天才真是句句良言，你不覺得嗎？」

「……那我就鼓起勇氣，好好期待接下來的劇情。」

「嗯啊，好好期待。一切交給我，本人以『害惡細菌』之名發誓……話說回來，天才——這個詞彙固然不錯，卻無法否定過於氾濫。你仔細想想，被人稱為天才其實並不難。這座研究機構的成員，有誰未曾被尊稱為天才？志人君、美幸小姐亦是如此。不過，陪同『死線』前來的你和監護人鈴無小姐就很難說了。被人稱為天才其實並不難，困難的是——自己確信自己是天才。我當然不是指認定。」

「確信和認定有何不同？」

「你說呢？說不定一樣。至少若由我或你判斷，或許沒啥不同；可是，預測和確信的差異，連你亦能區分吧？預測將出現六，然後擲骰子，結果是六。喂，這就表示預測者很厲害嗎？不是吧？但如果是**確信**將出現六，情況就不同了。這種特性百分之百……鐵定百分之百可以稱為才能。本人昔日亦曾預測自己是天才，但這是誤解，如今每一思及便羞愧萬分。至於玖渚友，她……你不覺得她對這方面擁有高度自覺嗎？你不覺得她是深刻知道自己是天才，深刻理解自己是天才嗎？」

「這種開門見山的解說真不像你，兔吊木先生。就連比喻都很陳腔濫調。那丫頭是天才這件事我也認同——」

「你也認同，而我也認同，但最認同的乃是玖渚友本人。不論自覺和自認這種行為的意義為何，應該不用我解釋它們與自信有關吧？假使尋求相對性的評價，必須擁有洞悉他人水準的能力；然而，若要獲得絕對性的評價，勢必得瞭解自己。並非透過與他人比較來瞭解自我，而是經由自己認識自己。毋庸試探自我，無須任何試驗，不用任何試煉。不必世界即可生存，這才是絕對的天才，這就是確信。」

「……」

「那麼，關於這種天才，但另一方面，**除此之外**都很誇張。玖渚友在玩弄機械或建構應用程式方面堪稱完美無缺，但除此之外的範疇都等同無能。才能極端不均衡乃是著名的學者症候群，以及最近很熱門的亞斯伯格症候群的特徵，不過她的情況比這些普通症候群更特殊。幼稚的舉止，拙劣的思考能力，尤其是人際關係方面，更發揮了完美無缺的愚劣。這也很正常，因為她缺少『感情』。就算稱不上缺少，亦是完全不夠。也許足夠，但完全不知如何操控。是故，她無法讀取對方的感情。人際關係這種東西就等於照鏡子，必須將對方視為相同存在才能成立，畢竟人類無法與沒有映照於鏡面的對象溝通。唉，這由我來說也很奇怪……你就睜一隻眼閉一隻眼吧。總而言之，正因如此，『天才』玖渚友無法獨自存活。正因過於突出，所以無法獨自生存；然而又因為突出，非得獨自生存不可。呵呵，還真是有趣的矛盾回路。」兔吊木這時朝我一指。「……要是少了你這種存在，玖渚友甚至活不下去。先不管是否非你不可，玖渚友為了繼續生存，為了進行生命活動，都必須仰賴你。若以電腦比喻玖渚友，她就是ＯＳ問市以前的原始結構。問題來了！對於天才玖渚友受到自己的庇護，你有何感受？」

「……你的問題太多了，兔吊木先生。」我垂首道：「問題一次一個，至多兩個才合乎禮儀吧？」

「也許是這樣哪。你說的或許沒錯，但這點程度的服務也無妨吧？無償奉獻是人際關係的潤滑劑喔。透露一下嘛？擁有玖渚友的心情如何？」

「你想讓我說『那丫頭是我的，絕不交給任何人』嗎？」我猛然抬頭，瞪視兔吊木。「開什麼玩笑？你想要的話，就隨便拿去吧。」

「……」

「我是不可能對你說的，我甚至不可能對自己說。」

「呵呵，不是不可能說，而是不願意說吧？基於堅強的自我意志。」兔吊木毫不讓步。「你對自己到底會透露什麼感到萬分恐懼，深怕鑽牛角尖之後所造成的結果。你非常非常害怕，對自己怕得不知所措，是吧？」

「或許如此。可是，就算這樣又如何？我沒理由任你大肆批判。即使有，我也不想聽。對我來說，玖渚是朋友。對玖渚而言，我也是朋友。這樣就好了，不是嗎？」

「或許現在是，目前這樣就好。」兔吊木點頭。「或許目前這樣就好，可是你……你們總有一天會碰壁的。因為這種含混不清、這種莫名其妙的關係不可能永遠持續。碰壁之後若能醒悟倒還無妨，但碰壁之後若是身亡，一切就此結束。這種道理你也明白吧？就我來看，你這只是顧左右而言他。提問結束。好，接下來換你發問嗎？」

兔吊木將身軀靠向椅背，準備接受我的質詢。我一時猶豫該問什麼。不，問題早已決定，只是猶豫該不該問。但我終究還是問了。

「……兔吊木先生，關於『集團』……『叢集』——」

「你愛怎麼叫都行，反正原本就是匿名集團。」

「……話說回來，籌組**這種東西**的理由是什麼？」我說：「你們到底是抱持什麼想法才組織『集團』……『叢集』，展開活動的？」

「……這才是核心嗎？」兔吊木眼神銳變。儘管只是表面，但迄今柴郡貓（註14）般的瞇瞇笑眼驟然一變，換上兩道彷若要將我剜出的凶狠目光。「非常簡單。對我而言，回答這個問題甚至比扭斷嬰兒手臂容易數倍、數十倍、數百倍。簡單至極，一句話就能解決……但老實說，還真提不起勁哪。」

「……什麼意思？」

「簡言之，假如你認為我很老實，勢必背叛你的期待。很可惜，我沒有準備你想聽的答案。『雙重世界』或許有辦法跟你打哈哈，可是我不行。」

「……」

「這樣你還想問嗎？」兔吊木撥了撥白髮。接著摘下太陽眼鏡，放進白袍口袋，再以肉眼注視我。「如果你想問，我就回答你。但這並非基於親切心，反倒是回報你從**我們**身邊**奪走**玖渚友的惡意，這點你最好記清楚。即使如此，即使如此，你還想問嗎？」

「我想問。」我點點頭，沒有一瞬間、一剎那的遲疑。優柔寡斷、舉棋不定的我，毫不猶豫地點頭。「請告訴我，兔吊木先生。」

14 《愛麗絲夢遊仙境》裡會隱身的貓咪。

「因為『死線之藍』希望如此。」

兔吊木真的只有回答一句話。

簡單明瞭地如此答道。

「我們不過遵循而已。因為這是她的要求，我們只是遵循罷了。她不僅是我們的統率者，她更是我們的支配者。而我們既是『死線』的兵隊，更是奴隸。」

「呃——」

「颼」的一聲。

我的膝蓋一軟。雙腳支撐全身體重，身體倒向牆壁；然而，體重仍舊無法支撐，於是雙手按住牆壁。牆壁彷彿即將坍塌，不，只是我快暈倒而已嗎？可是，若不趕緊想想辦法，我這個存在就要終結。

「——吊木——」

我、我、我、我、我……

我正想開口時——

「喂！你這小子到底要跟兔吊木先生講到何時啦？」

房門外側傳來志人君的怒吼以及激烈的敲門聲。

「你給我差不多一點！到底在幹什麼？」

「呵呵……」兔吊木聞言聳聳肩，換了一個坐姿。從白袍口袋取出太陽眼鏡，戴上。又恢復成原先笑咪咪的眼神。「好好好，志人君！我們已經說完啦……呵呵，看樣子今天該結束了。雖然還有許多問題，就此散會嗎？**玖渚的朋友**。」

「……看來是這樣。」我竭力以雙腿支撐體重，離開牆壁。「看來是這樣，害惡細菌先生。」

「呵呵，明天再來吧。屆時再談些較有建設性的話題嗎？反正你也打算待上一、兩天吧？」

「啊啊，嗯，我想是這樣，嗯……」

「明天記得帶那位叫鈴無的監護人來。從『死線』的話聽來，她似乎是頗為有趣的女性，甚至不輸你哪。」

「對她性騷擾的話，小心被扁喔。」

「多謝關心。」兔吊木對我的挖苦不為所動，嘻嘻一笑。「不過你安心，我其實身體很硬朗，被扁也不會有事的。呵呵，那你替我跟大家打聲招呼。」

「大家……？」我愣了一下。「是誰？」

「就大家啊。志人君、博士、美幸小姐和其他研究人員。你不也見過神足先生和根尾先生了？」

「嗯，長髮男跟胖哥嘛。」

「對對對。」兔吊木頷首。「根尾先生的肥胖是沒藥救了……因為天生就是肥胖體質，不過神足先生的長髮對眼睛不好，你幫我提醒他一下。」

「沒問題。」我開門道：「那我就此告辭。」兔吊木這時忽然對我說：「等一下。」我的右手既已握住門把，頭也不回地問：「什麼事？」。這扇房門後方有志人君，而他附近有玖渚。有玖渚友。我所認識的玖渚友就在這扇房門後方。

「最後一個問題，玖渚的朋友。」

「……這就怪了。」我並未回頭。「開始提問的是兔吊木先生，結束又是兔吊木，這不是很狡猾？」

「下一次從你開始，這不就得了？而且跟你剛才問我的一樣，一句話就能解決，很簡單的問題。一點都不花時間的。」

「啊……無所謂，什麼事？」

兔吊木沒有馬上開口，停頓片刻才說道：

「你──」

他對我問道：

「──你──」

緩緩刨開我的腦部。

「你其實是討厭玖渚友的吧？」

2

數十分鐘後──我和玖渚再度返回斜道卿壹郎博士主掌的第一棟，兩人並肩坐在剛才與卿壹郎博士談話的四樓會客室。室內沒有其他人。卿壹郎博士此刻正在三樓實驗室進行研究，志人君則到那裡報告「玖渚和兔吊木的會面結束了」。

是故，我和玖渚目前是兩人獨處。

兩人獨處。

兩人。

……可是，果真如此嗎？

這個房間裡只是有一個人和一個人，而非兩人，不是嗎？

「……阿伊？」

玖渚驀地從旁邊偷覷，大大的雙眸從下方俯視我。

「喏，阿伊，你從剛才就一言不發，怎麼了呢？」

「……嗯？」我抬頭。「咦？我沒說話嗎？那就怪了。我應該正在暢談中世紀歐洲的宗教問題與貴族階級的支配制度才對。」

「阿伊沒有暢談。」

「不，我有暢談。」

「人家就說沒有咩。」

「我就說有嘛！」我也倔了起來。「本人身為拿破崙的子孫，必須認真思考這些。身為終將收復歐洲全境的領導者，當然得掌握該地過去的歷史。」

「阿伊，莫非小兔說了什麼難聽的話？」

居然不理我。

玖渚略顯不安，憂心忡忡地續道：

「小兔不會對沒興趣的人說這種話才對呀，真不知小兔為何對阿伊如此執著。」

「……不，他沒對我說什麼，真的沒什麼。只有問問妳的近況和健康等等。」我強作鎮靜地回答：「大概是想聽聽其他人如何描述妳的現狀吧？總之，他沒對我說什麼。」

「喔……」

玖渚似乎並不採信，但還是點了點頭。

我靠著椅背，仰望天花板。只見電風扇轉來轉去，循環室內空氣。無意識地盯著那種東西，看著隱形的空氣流動，我緩緩吐了一口氣，試圖稍微改變空氣流向。

這個行為當然毫無意義。

沒有任何意義。

「……」

五年前有人問過我。

「你愛我妹妹嗎？」

不久前有人問過我。

「你喜歡玖渚嗎？」

對於這兩個問題，我都是立刻回答：「沒那回事。」兩次皆如此答覆，每次都是。

即使有第三次我也是如此答覆，第四次亦然。第五次也一樣，第六次仍不會改變。

我都會立刻回答，搖搖頭。

就是如此簡單。

然而——

「你其實是討厭玖渚友的吧？」

對於兔吊木的那個問題，別說是立刻回答，我根本無法回答，完全無法回答。

「……為什麼？」

為什麼我連這點程度，連這點程度的簡單問題，連一句話就能結束的問題都應付不了？

沒有老實的必要，沒有誠實的必要。面對那種男人，既不必老實，亦無須誠實。說謊也好，虛而委蛇也罷，只要按照迄今的方式應付即可。

一如五月，對她那時一樣。

只消打諢插科，一切即可解決。

為什麼……

「廢物……真丟臉。厚顏無恥也該有個限度。不，何止厚顏無恥，這根本是自不量力……你這廢物到底在幹什麼？」

不如死了算了。

為什麼還活著？

「……真是太丟臉了——」

「嗯？你又說什麼了？阿伊。」玖渚玉首一偏。「人家沒聽清楚。」

「……不，自言自語。我有一半是由自言自語構成。可是，哎呀呀，話說回來，」我勉強換上輕快的口吻說：「套句鈴無小姐的話，想不到兔吊木如此普通。根據妳和小豹的資訊，我還以為他是完全無法溝通的古怪傢伙。」

能夠溝通。

一般來說，這對我而言是一項優勢才對。哼……不愧是「集團」裡專門負責破壞工作的「害惡細菌」，真是徹底敗給他了。

竟連戲言都破壞殆盡。

「小兔……並不普通喔。」玖渚難得吞吞吐吐。「嗯，人家也說不明白。話說回來，還真傷腦筋哩。」

「傷腦筋？什麼事？」

「阿伊也聽說了吧？小兔不打算離開這裡。」

「啊啊……這件事啊？嗯，他是這麼說的。」何止不打算離開，根本對這件事毫無興趣，反倒對我和玖渚的關係興致勃勃。「妳沒說服他嗎？」

「是有試過。有是有，有是有。說服啊……在小兔面前如此空虛的話語也很少見。小兔不會因為人家的話而停止喔。兔吊木垓輔的字典裡沒有紅燈咩——他是不滅、不淨、不死的『Green Green Green』。」

「連妳的話都無法阻止……妳不是領袖嗎？」

「是前任領袖。可是呀，雖然說是『集團』，其實大家都是各憑己意行事……沒想到竟能團結成那樣哩。所以我們與其說是解散，不如說是分裂。因為實在沒辦法處理那些過於龐大的才能……這方面的艱辛實在不願想起來呢。」

「聽妳講述小豹的逸事，或許就是如此——」

「唔～～傷腦筋傷腦筋，人家真的很傷腦筋喔。簡直就像困難重重的大逃殺（註15），這麼傷腦筋真的沒關係嗎？」

當玖渚一本正經地抱胸時，房門朝內側推開，卿壹郎博士和美幸小姐同時走進室內。我是初次近距離目睹博士的站姿，相較於五官，他的身材顯得有些老態龍鍾，十分瘦弱，手裡撐著一根陳舊的木製手杖。但即使如此，隱約可以看出他年輕時身體應該不錯。

卿壹郎博士朝我和玖渚瞥了一眼，接著甚是露骨地咧嘴一笑，「如何？」他語聲沙啞地說：「朋友間的久別重逢，情況順利嗎？玖渚大小姐。」

「嗯，那當然非常、非常愉快。」玖渚嬌笑應道：「宛如美夢般愉快呢。到這裡來真是值回票價。還約好了明天繼續聊聊。」

「是嗎？是嗎？那真是太好了。」博士從容不迫地笑了。「不過，希望別妨礙我們的

15　高見廣春的小說，書名「Battle Royal」原是指一種摔跤模式，由三名以上的個人或隊伍同登擂臺，戰到剩下最後一人或一隊為止。

工作哪，玖渚大小姐。我們畢竟不是來這種深山裡度假，我可不像大小姐『有錢有又閒』。」

「姑且不論財力，彼此都沒時間這點應該已跟博士提過了。不過呢，這方面大家都很清楚。」玖渚說：「現在是明知故犯，所以再如何掩飾都沒有意義。總而言之，接下來想切入正題，博士是否有協商的時間和寬容？」

「寬容？無妨，我對年輕人向來寬容以待。」

卿壹郎博士言畢，緩緩走到玖渚友正前方，停在能夠俯視座位上的玖渚的絕妙位置。

「可是……那位監護人小姐不在場喔。如此不可靠的少年相伴，沒問題嗎？玖渚大小姐。」

「有勞您的關心，多管閒事也該適可而止喔，博士。博士其實也知道吧？知道阿伊的身分為何？」

「……」卿壹郎博士非常不悅地咂嘴，轉向美幸小姐說：「喂，妳離席。」

「咦？可是，博士——」

「不許還嘴。說得明白一點，就是要妳『給我消失』。」

「……」

「還要我再說得更明白嗎？」

「——不，我明白了。」美幸小姐按照吩咐沒有還嘴，一鞠躬之後，就安安靜靜、一聲不響地離開房間。她果然有女僕的才能，志人君的發明真是罪大惡極——我心裡暗想，不過這大概只是我的胡言亂語。

才能嗎？套用玖渚剛才的話，在這種研究機構如此空虛的話語也很少見。身旁就有兩名天才，才能這個詞彙又有何意義？無異是「祇園精舍鐘聲響」（註16）。

玖渚咯咯輕笑。

「博士依然不把人當人看。這樣的博士為何會研究人工智能？這點實在無法理解。」

「無法理解？這真不像玖渚大小姐的言論。」

「……」

「哼！妳這娃兒有夠惹人厭。」博士口氣忿懣地說完，走近玖渚。「這張臉孔、這雙眼睛、這張嘴巴、這個輪廓、這個肉體、這張笑臉、這種語氣，一切的一切都很礙眼！」

「博士等一下……」我忍不住插嘴。「這種說話方式不是紳士該有的態度。」

「紳士該有的態度？對『墮落三昧』期待這些，我看是你太天真才對。」博士大笑。「況且一點也不失禮，因為這位玖渚大小姐不可能被我的話刺傷。她壓根就沒將我放在眼裡。沒錯吧？玖渚大小姐。」

「這是以小人之心度君子之腹喔，博士。又何必以如此乖僻的角度看待世事呢？」

「但這是事實。妳就是如此吧？眼裡只有兔吊木垓輔吧？對，妳完全沒把我放在眼

16　取自《平家物語》序文「祇園精舍鐘聲響，訴說世事本無常」。

裡，根本就不屑一顧。」博士續道：「妳還記得那天嗎？這樣問也很無聊哪。就是七年前妳跟妳哥玖渚直前往我當時位於北海道的研究所那天。」

「……」

「至少我忘不了那天，喏，年輕人。」博士這時對我說：「這位大小姐，當時十二歲的這位大小姐，看見我費時三十年的研究成果，你猜她說了什麼？」

「……天曉得，我猜不出來。」

「『這真是了不起的研究。』」玖渚這時插口：「『這種東西認真做的話，也得花上三小時呢。』當時人家是這麼說的。」

「……」

當時的景象彷彿躍入眼前。這丫頭想必是帶著六年前對我展露的相同笑容，非常、非常理所當然地講述這番臺詞。沒有任何惡意，沒有任何居心，無意傷害他人，無意侮辱對方，甚至沒想過博士對該研究花費整整三十個年頭。

就這麼輕描淡寫地——

踐踏了卿壹郎博士。

「這是莫可奈何的嘛。因為小直也沒說博士對那種程度的研究賭上一生。小直真的很壞呢，阿伊也是這麼覺得吧？」

「嗯，那個**年輕人**確實非常惹人厭。」博士惡狠狠地批評自己的金主——玖渚機關的成員。「呿——兩兄妹一起蹂躪我，現在睡覺都會夢到那天的事哪。」

「——直先生說了什麼？」我輕聲問玖渚。「嗯～～」玖渚先哼了一聲，接著模仿直先生的口吻說：

「『請放心，博士。你不必在意舍妹說的，繼續研究即可。』」

「不是很普通嗎？」

「很普通呀，不知是哪不對了？」玖渚玉頸一歪。「或許是後面那句『畢竟不能讓我高貴的妹妹，不能讓玖渚家族的直系孫女做這種雜事。』不對吧？」

「沒錯。」

我絕無袒護卿壹郎博士之意，可是自己的地盤被這種無法無天的兄妹大鬧，鐵定不是愉快的回憶。

「但這是陳年往事啦，博士。」玖渚再度轉向博士。「而且又是小女生說的話，豈能斤斤計較呢？」

「年輕也好，女性也好，才能就是才能。玖渚大小姐亦是如此認為吧？」

「……所以說，這趟不是來聊往日回憶的。雖然無意小看博士，可是博士，你就不能談些更有內容的對話嗎？博士的態度實在不是能夠好好協商的態度。」

「妳這就叫有意協商的態度？玖渚大小姐，不論如何，大小姐都打算從我身邊奪走兔吊木那小子吧？」

「奪走這種說法真難聽。」

「但玖渚大小姐的行為就是如此。妳就是想從這間研究所，想從這裡帶走我的一名所員。」

「……」

「那男人可不能交給妳。」博士斬釘截鐵地說：「不論如何……縱使對象是玖渚大小姐，我都無意交出兔吊木，絕無商量的餘地。我的意見不會改變……兔吊木垓輔的意見亦不會變卦。」

「——就是這一點。」玖渚輕聳香肩道：「就是這一點。小兔他啊——是絕對不會改變自我意志的人。集團活動的時代，小兔就是最難**控制**的。可以操作，卻無法控制，這就是『害惡細菌』的名稱由來。搞不好自己也惹不起他——『集團』裡唯獨小兔讓人有這種感覺。而博士竟能自由操弄小兔，到底用了何種手段？」

「噯！因為我們倆很投緣嘛。研究興趣相同，才決定一起研究。」

非常明顯的超級大謊。只須回想適才與兔吊木的對話，答案就昭然若揭。可是表面上，目前這個狀況就是這麼一回事。

「……原本還希望能夠說些更像人類的對話，或許這只是一廂情願。」

「更像人類，嗄？」博士嘲諷似地說：「……不過更像人類的對話，對象也得是人類吧……**怪物小姐**。」

「阿伊！」

玖渚嬌叱。

對象並非卿壹郎博士，而是我。

對著正從椅子站起的我。
「不要動，不可以動喔。」
「……」
「現在發作怎麼行呢？現在正在協商呀。」
「……」
「阿伊。」
「……瞭解。」
「……」
「就說瞭解啦。」
「……」
「真的瞭解啦，知道啦。」
我重新坐下，鬆開緊握的拳頭。我瞪了博士一眼發洩內心鬱悶，但博士毫不在意我的視線，鼻子哼了一聲。
「原來如此，正如玖渚大小姐所言，看來這小子並窩囊廢。」
「……客氣了。」
「小伙子，你對我不將玖渚大小姐當成人類一事好像很生氣，不過她恐怕也沒把我當成人類吧？小伙子，你懂嗎？被黃毛丫頭輕視的老人心情？」
「這種事誰懂？」我不悅地應道。這是異於與兔吊木對話時的不悅。「你懂不懂我的心情？我才不想從長輩口裡聽見這種沒度量的臺詞。」

「我想你也不會懂的。嗯啊，不可能懂的。你旁邊這位大小姐擁有何等才能，你根本就毫無頭緒。」

「……」

「喏，小伙子，我其實有點羨慕你。」博士聲音裡的敵意少了一點。「不，或許跟羨慕又有些不同。對——從我的立場來看，你簡直是肆無忌憚地執行非常了不得之事……這種待在玖渚身邊的豐功偉業哪。」

「……豐功偉業？」

「正是豐功偉業，你不妨引以為傲。本人身為『墮落三昧』之前，也算是一名人類，自然具有評鑑事物的眼光。這位少女是出類拔萃的天才，相較於亦曾榮獲相同稱號的斜道卿壹郎，我絕對認同她的才能大幅逾越本人……但即便如此，我亦不想待在她身邊。」

「……」

「我大概無法忍受，真的無法忍受。與其待在這種怪物身邊，不如死了算了。」

「……你嘴巴放乾淨一點。」

「你可別說你對玖渚大小姐沒有任何自卑感喔，小伙子。」卿壹郎博士說：「從剛才的反應來看，你應該不是對玖渚友一無所感，毫無神經的呆子。」

「兔吊木也說過類似的言論。」

儘管言論方向完全相反。

「害惡細菌」將「死線之藍」視為神明崇拜。

「墮落三昧」將「藍色學者」視為怪物恐懼。

然而，這是只向量上的反向，內容如出一轍。至於將我定義成無可救藥的蠢材此點，兩人毫無二致。

可是。

「嘴巴放乾淨一點，這種抱怨我早已聽膩了。你們這些食古不化的傢伙有夠惹人厭。這跟跳針的唱片又有何不同？難看死了。這種以小人之心度君子之腹的說話方式——」

「博士。」

玖渚打斷我的臺詞。玖渚甚少在別人說話時插嘴，更何況說話的人是我。

「博士，這種事就到此為止吧？才能也好，天才也罷，這種廢話怎樣都無所謂。思想較量也好，思想對決也罷，這種麻煩事就敬謝不敏了。這種邏輯還是交給文科的哲學家吧，理科博士。老實說，博士的腦子裡毫無一絲才能的確很可憐，可是也別歸咎他人。對於你的無能，玖渚友沒有任何責任。」

「——妳！」

面對玖渚過於挑釁的發言，博士老臉通紅，我也嚇了一跳。我是第一次看見玖渚友這般直言挑釁他人。

「就是這麼一回事吧？將小兔關在這裡的理由是自己力有未逮，才想使用小兔的力量吧？雖然不曉得博士是如何對小兔懷柔、籠絡……脅迫，可是能不能別再做這種侵占他人研究成果的行為？不，就連這也無關緊要。你的事從內心到外表，不論哪個部分都無關痛癢。不管博士再如何自豪、自以為是，玖渚友照樣沒有任何責任。所以想對博士說的話就只有一句。」玖渚友說：「把小兔還來。」

「……」

「**那個是我的喔**。」

「……」

「**我的東西就要放在我身邊**，至少被你這種人占有是極不愉快之事。」

「……還真是一廂情願的想法。」博士勉強出言反駁，向「死線之藍」反駁。「那是妳捨棄之物，撿別人的丟棄物，有何不對？」

「丟棄物亦然。**縱然是丟棄物，我的就是我的**。丟棄物被人撿走也很不愉快……喏，博士，『死線之藍』的占有欲是非常非常強的喔。你連這點道理都不知道嗎？」

「……那個可不能交給妳。」

博士又說了一次。

面對態度略顯強勢的玖渚，博士儘管有些畏怯，仍舊堅持己見。

「就算逼我下跪也辦不到。那個……是本人對玖渚大小姐的唯一優勢。雖然是唯一優勢，又借來之物，但優勢就是優勢，當然不可能交給妳。」

「——無聊，到頭來就是嫉妒？」

「嫉妒……這種看法或許也不能怪妳，不過別把我看得如此低賤。假使妳知道我現在的研究——即便是玖渚大小姐，這次也要大吃一驚。」

「喔～～若是考量所內成員的來頭，三小時或許辦不到——畢竟這次還有小兔。」

「……協商看來是決裂了。」博士與玖渚保持距離，在附近的椅子坐下。「或者該說是沒有協商的餘地？這般徹底對立，豈能進行和解交涉？」

「唔，別妄下結論嘛。對不起，好像說得太激動了。」玖渚嫣然一笑，對卿壹郎博士揚起雙掌。「在此向博士致歉囉。博士今天好像真的很忙，明天冷靜下來之後，再好好談談吧？還有許多禮物沒拿出來呢。」

「……說得也是，明天再談嗎？」博士忽又想起什麼似的笑個不停。「……不知道妳有什麼王牌，但我想都是垂死掙扎。正如玖渚大小姐所言——兔吊木垓輔是絕對不會改變自我意志的人，即便那是迫於無奈的意志。」

「……也許吧。」

「宿舍就在森林裡。對玖渚大小姐而言或許有點髒亂，嗯，就請多多忍耐了。咱們這裡畢竟是深山。志人會替你們帶路，他在一樓大廳等候，你們去吧。那麼明天見——玖渚大小姐。」

卿壹郎博士說完，一副再也無話可說的態度，將整張椅子轉向一旁。

「……嗯，明天見。」玖渚言畢站起，接著拉住我的手。「走吧，阿伊。小志在一樓等著呢。」

「……嗯，好。」

我乖乖起身，任玖渚拉著，留下卿壹郎，離開會客室。

玖渚友和斜道卿壹郎——兩人的淵源看似淡薄，沒想到意外深厚，絕非『無關緊要』。不，淵源深厚乃是基於我的角度，或者基於卿壹郎博士的立場，對玖渚本人而言，或許真的無關痛癢。這種毫不在意的態度，恐怕又傷了卿壹郎博士的自尊。

並非無法理解。

儘管不願理解。

然而非常可惜——非但是對斜道卿壹郎，對玖渚友亦然——這是八竿子打不著關係的對立。雙方明明對立，卻八竿子打不著關係。簡直就是鴨川與比叡山的對決。正因如此，再怎麼協商也不可能有和解案。

年輕和性別皆與才能無關——

博士的言論確實意味深長。

「……該怎麼說？總覺得很那個啊。」

「害惡細菌」兔吊木垓輔。

「墮落三昧」斜道卿壹郎。

「死線之藍」玖渚友。

驚世駭俗……若是借用博士的說法，就是驚世駭俗的怪物級天才三王鼎立嗎？

老實說，他們三人說的我都聽不懂。這種放棄理解的態度，或許正是斜道卿壹郎博士「羨慕」的因素。我想肯定是這樣。腦筋好乃是不幸中的大不幸。不用看的事物都不幸看見，不用聽的聲音都不幸聽見，不用知悉的味道都不幸嚐得，不用感受的味道都不幸嗅出。當廚師的話，倒也還派得上用場。

「……」

腦筋好的人須得成為廚師。

嗯，這是與卿壹卿博士不相上下，頗為耐人尋味的言論。我一邊回想那座島上的天才廚師，一邊思考。

就在此時，正當我在長廊行走——只見宇瀨美幸小姐獨自坐在先前那間吸菸室。

「啊，美幸。」玖渚率先呼喚對方。「人家跟博士的會面結束囉，妳快點回去比較好吧？」

「——多謝告知。」

美幸小姐將吸到一半的香菸（ECHO）在菸灰缸捻熄，站起身。「啊，那位鈴無小姐，」一語不發地通過我們身旁時，她驀然想起似地說道：「我按吩咐帶她四處參觀……不過半途遇上春日井博士和三好博士，三人似乎一見如故，目前正在二樓的吸菸室聊天。我想應該尚未離開，兩位可以到那裡找她。」

「多謝告知。」

玖渚還以相同臺詞。

「那我告辭了。」美幸小姐正欲離去，「美幸小姐，」我朝她的背影喚道：「呃……我有點事想請教，方便嗎？」

「——什麼事？」

「美幸小姐為何，是基於何種理由在此工作呢？」

「……」

這是我問過志人君的問題。雖然志人君最後只對我吐槽「你這種人是不可能理解的」，美幸小姐又會如何回答呢——

「我沒有個人主張。」

美幸小姐斬釘截鐵地說。

「……」

「若沒其他問題，我就此告辭。」

「……嗯，不好意思攔下妳。」

美幸小姐繃著一張撲克臉，筆直走向博士的房間，步伐幾乎毫不遲疑。對她而言，我們這種來訪者或許早已司空見慣。既然擔任「墮落三昧」的祕書，必定有許多不足為外人道的辛酸。就這點來說，我們搞不好十分氣味相投，但從剛才的談話聽來，似乎一點也不投緣。

「音音在二樓喔，阿伊。」

「……嗯，那我們走吧。」

我盡量若無其事地點點頭，走過吸菸室旁邊，朝電梯的方向前進。按下向下鍵，進入電梯。

「話說回來……明天見嗎？」沉默不語也很尷尬，我於是脫口道：「那樣子再怎麼談，就算明天、後天繼續談，只要那老頭沒有老年痴呆，都不可能談出結果的。」

「啊啊……嗯，這方面啊，嗯，人家也準備了很多對策喔，到宿舍再跟阿伊說明。這裡不知道有誰偷聽，而且也不是三言兩語說得完的。阿伊，更重要的是……」玖渚目光轉向我。「可以抱抱嗎？」

「……什麼跟什麼？」我嘻皮笑臉地回應玖渚突如其來的要求。「妳以前不是連問都不問的？每次都為所欲為，恣肆無忌地撲過來。」

「唔～～人家就忽然想問阿伊咩。」

「原來如此，就是忽然想演純愛喜劇啊。」

「對呀。」玖渚天真無邪地微笑。「那可以嗎？電梯裡就好，拜託嘛。」

「無所謂，充電是吧？」

「嗯。」玖渚伸手圈住我的身體。

接著將自己的身體輕輕朝我壓來。俏臉埋入胸膛，緊抱不放。話雖如此，玖渚的細腕對我來說一點都不痛苦。

一點都不痛苦。

一點都不痛苦。

「……」

這是我與玖渚隔了許久的獨處時間。為了這個時間，捨棄一切亦無妨，乃是無可取代的時光。

「——這難道又是戲言嗎……」

被玖渚抱住的我暗想。

玖渚到底跟兔吊木說了什麼？兩位久別重逢的昔日「集團」成員，究竟說了什麼？

我不知道，不可能知道。

因為我不是天才，而玖渚友和兔吊木垓輔卻是相互理解的天才夥伴。他們是比斜道卿壹郎博士更加、更加、更為、更為墮落的天才夥伴。

然而——

儘管無法想像兔吊木跟玖渚說了什麼，但兔吊木跟我的對話我全部記得。並非僅限最後一個問題，兔吊木那些令人厭惡，任何方面任何方向都令人厭煩，那些極度令人不快的問題攻勢，我毫無遺漏地記得。

那些屠殺戲言的問題。

「……」

電梯停止，似乎已經到了二樓。但玖渚不肯鬆手，我一語不發，亦未拉開玖渚。我不可能做這種事，當然不可能做這種事。

電梯門再度闔上，我們繼續這樣待了一段時間。度過兩人的時間。

玖渚環繞在我身後的小手，玖渚環抱著我身軀的手臂，玖渚壓在我胸膛的小臉，從這個角度俯視的藍髮。

還有——

還有，沒有一個位元組的虛耗，沒有一個位元的多餘，在內部形成完美回路的小巧頭顱。

猶如裝了完美RAM的記憶力——兔吊木如此評價；話雖如此，恐怕兔吊木本人也知道，這種比喻具有微妙的錯誤。

玖渚友，不，「死線之藍」的腦內神經裡安裝的並非RAM，而是ROM（註17）。是故一旦記住，就絕對無法遺忘。其中不但記載了無法置換的大量情報，而且這些情報在那裡形成永遠的循環，局部與整體合一化為無限集合。

並非記憶能力。

而是無法忘卻的能力。

許多人說玖渚友「就跟機械一樣」，但其中有幾個人是真心如此認為？嘴巴上這麼說，或許內心仍然覺得「就算這麼說，畢竟一樣都是人類——」吧？這亦毫無根據或證明……純屬一廂情願。因為若非如此，自己未免太過可憐。

17　隨機存取記憶體（random-access memory）是電腦主記憶體的一部分，可以隨機選擇其上任一儲存位置儲存或擷取資料。唯讀記憶體（read-only memory）則是存放不可被更改的程式或資料的記憶體，資料只能被讀出而無法寫入。

然而，兔吊木對此甚是確信。將玖渚友比喻為「裝置」的兔吊木垓輔——害惡細菌對此深信不疑，而我想事實亦如他所言。雖然我這種戲言分子無法妄下斷言，但我想大概就是如此。

因此……因此……

因此玖渚友絕對不會忘記。

不會忘記，不可能遺忘。

絕對無法忘記……六年前是如何被我欺騙，因我遭受何種慘劇，因我陷入何種困境。縱使玖渚本人想要遺忘，亦無法忘記。

忘不了我是何等罪大惡極、罪該萬死之人。

無法忘懷。

永遠記得。

即便如此，依然這樣擁抱著我。

容許一切。

宛如面對稚子的母親。

宛如被家犬反咬手臂的飼主。

宛如寬大的女神。

容許一切。

「——真是笑死人了。」

我戲謔地低語，完全笑不出來。

兔吊木問我擁有玖渚友的心情。

卿壹郎博士問我待在玖渚友身邊的心情。

這種事我當然答不出來。因為我既未擁有玖渚，亦未待在玖渚身旁。

到頭來，我跟兔吊木垓輔一樣，跟綾南豹一樣，跟日中涼一樣，跟「集團」其他夥伴一樣——不過是被玖渚友管理而已。

被擁有的是我。

只不過被擁有的方式與兔吊木他們不同，被擁有的方式比兔吊木他們更加低級，只不過如此而已。

「……」

被擁有者，豈能夠與擁有者並肩漫步？

「嗯，充電結束囉。走唄，阿伊。」

「說得也是。」

我若無其事地回答。

我以為自己掩飾得很好。

「讓志人君等太久也不好。」

「對呀，哈哈哈。」玖渚按下開門鍵。「可是音音明明說自己跟研究人員談不來，為什麼又在跟心視聊天呢？」

「嗯，我也不知道。」我生硬地回答，走出電梯。「也許是有什麼有趣的話題吧？」

3

「是呀，什麼ER計畫云云，總之就像是一種學校制度，每年有升級考試這些，而且不合格就強制退學之類的囉。」

聽起來很開朗，非常樂觀的女性聲音。

「喔──」這是鈴無小姐的回應。「伊字訣自然也得參考這種升級考試了。」

「對對對，就是這樣。至於考試內容，總之就是非常卑鄙的考試。所有科目混在一塊兒，共有一百道試題，時間卻只有六十分鐘咧。及格則是六十分，光聽及格基準或許會覺得很簡單，可是一百道試題，從第一題到最後一題都不是一分鐘能夠解決的艱深問題喔。」

「哈哈哈，我差不多猜到了。」這是根尾先生那種裝模作樣的長輩口吻。「換言之就是那個吧？如何在限定時間內找出『自己能夠解答的問題』？就是測試這種『觀察眼』和『判斷力』的考試嗎？呵呵呵，這在日本完全無法想像，真不愧是ER計畫。」

「對對對，就是這樣。換言之，六十分並非及格基準，不，甚至可以稱為『滿分』。因為一百道試題裡摻雜了正常情況下絕對無法解決的艱深問題，是絕對不可能考一百分的測驗。」

「真是陰險的考試。」鈴無小姐說：「或者該說，那位出題老師還真卑鄙。」

「對呀，不及格就強制退學的嚴格規定下，竟製作這種超高難度的試題，咱家是完全無法理解哪，畢竟那裡有一大堆奇奇怪怪的老師。那麼，你們猜那個戲言小子怎麼做？」

「照那小子的個性，就是那樣吧？他應該是不小心拿滿分的類型。」根尾先生說：「絕對不可能拿滿分的考試竟考了滿分，那位少年好像有做出這種事的能力。」

「不，也許是零分吧？」鈴無小姐說：「為了向那位出題老師抗議，故意交白卷。」

「呵呵，喂喂喂，神足覺得呢？」

「不知道。」神足先生簡短回答：「可是，假使要我猜測，他大概是回答了那個最困難，絕對無法解答的問題，其他全部答錯。」

「呵呵呵，不，各位看官，雖然三個人的答案都不盡相同，沒想到通通正確！」單口相聲似的語氣，砰一聲拍打桌面的聲音。「根尾先生剛才說是『測試觀察眼和判斷力』的考試，其實還有一個，這是測試洞察力的考試。而那位小子正如神足所言，只回答最難的一題……其他九十九題全部交了白卷。」

「……」「……」「……」

「驚訝吧，這正是『出題老師』所期待的『滿分』。**只要有學生能夠回答這個最高難度的問題**，不論其他問題如何，老師都決定讓他升級。不論其他問題如何——換言之其他問題本來就無須解答。因為若能解決那一題，其他問題不可能答不出來。所以，只要解出那一題，一切就解決了。那小子識破這點，決定不浪費精力，將六十分鐘都耗在那一題上。」

最小的勞力獲致最大的成果——

此乃出題者所期待的答案。「原來如此，簡直就像禪問。與其找出能夠解答的六十道題，這的確比較簡單。所以神足先生和我的答案都對啊——就算是洞察力，若沒有十足確信，也做不出這種行為。『站在出題者的立場解題』乃是考試的基本，哎呀呀，那位少年可真了不起。」根尾先生說：「……不過這位美麗的小姐並沒答對吧？」

「嗯，這正是那個戲言小子最要不得之處。」說話者此時停頓片刻。「……自信滿滿地提出的那個答案，結果竟然錯啦。」

接著她一個人大爆笑。

沒變，沒變，一點都沒變，徹頭徹尾地沒變。打從ER計畫，打從頻頻欺侮我的那個時代起，三好心視小姐……不，三好心視老師完全沒變。

「唉，不過最後肯定那小子的洞察力，還是讓他升級了——因為所有學生裡就只有他如此胡來——」

「——心視老師。」

我估計對方就快說溜嘴，於是從走廊陰影走向吸菸室。吸菸室的右側是身材高䠷，一身黑衣的鈴無音音小姐，左側是根尾古新先生胖嘟嘟的肉體，他前面是半個身體都被長髮遮掩的神足雛善先生，至於右前方……右前方則是三好心視老師。

剪得短短的金髮，鏡片尺寸有些過大的眼鏡。完全無法與鈴無小姐相比的嬌小身軀上罩著一件大大的白袍。那模樣令人聯想到玩醫生遊戲的女中學生；不過，中學生時代的她大概沒玩過這種**扮家家酒**，畢竟她在小學高年級就已取得動物解剖學的博士學位。

三好心視。

名為心視，但專業（以及嗜好和興趣）則恰恰相反，乃是徹底解剖、分解、研究生物肉體。昔日以權威學者的身分在無比強大的研究機關——ＥＲ３系統的教育計畫部門授課，目前則以副所長的身分授命掌理「墮落三昧」卿壹郎研究所第三棟。

此外……此外，亦是我的昔日恩師。

當然這是如果法律規定必須尊稱曾經教過自己的所有人為恩師。

「——嘿嘿。」

心視老師露出與二十八歲的年紀毫不相襯，不良少女似的笑容。不，距上次見面也過了三年，現在既已超過三十歲了嗎？可是，那張完全沒上妝的臉孔，卻只浮現少女似的神情。

「喲！戲言小子，真是出人意料的重逢哪。」心視老師朝我比了個勝利手勢。「什麼？什麼？一副像是第一次看見『泡水海帶芽』的怪臉。如何？後來過得好嗎？小徒弟。」

「至少比以前，比過去更有精神。嗯啊……真是出乎意料之外的重逢，大恩師。」

我感覺自己的雙眼自然而然地逃離心視老師，答道：「老師才是容光煥發、神采飛揚、一如往昔、毫無變化，實在是……不知該怎麼形容，真是徹頭徹尾……倒楣透了。」

得知兔吊木的囚禁地點是那座「墮落三昧」卿壹郎研究所之後，從小豹的情報裡發現「三好心視」的名字之後，我來此途中一直隱約感受的不安終於得證。同名同姓的期待化為泡影。

「咱家正好在跟鈴無小姐講述你的英勇事跡。或者該說是爆笑人生嗎？總之正聊到你是何等有趣的傢伙哪。怎麼了？咱家聽說了喔。」老師從沙發站起，靈活地叼著香菸說：「你退出計畫了？還真是浪費的行為。你那顆腦袋裡到底裝了什麼？」

「……老師不也離開ＥＲ３了？所以現在才會在這種地方吧？」

「喲！你這態度倒像是不希望咱家在這兒似的。」老師親暱地用手環繞我的肩膀。

「不過，咱家與你不同，可不是主動退出，純粹是被炒魷魚。」

「要活著被那種地方炒魷魚，我想是絕對不可能的……」

然而這個人……

既然是能將不可能化為可能的這個人。

「嗯，而今回想起來，離開那裡確實很可惜哪。咱家聽說，喏，ＥＲ３的最高峰——七愚人。那個啊，聽說其中好像有人翹辮子了，眼下多了個空缺。如果繼續留在那兒，搞不好就能魚躍龍門。」

「這是不可能的，因為候選人有一脫拉庫。」我故作鎮定地閒扯。「聽說繼任者又是一位日本人，齊藤之類的……名字有點奇怪。」

「開開玩笑嘛，你怎麼一點兒幽默感也沒有？咱家這種普通大姊姊哪可能當上七愚人？」老師如此說完，「嘿嘿嘿」地大笑，再拍拍我的背脊。「嗯，你也是一樣沒變，咱家實在很開心。」

「……」

「不，可是呀，話說回來，還真教人吃驚。」根尾先生盯著慘遭心視老師控制的我，心情愉悅地說：「雖然也覺得你不是普通人，沒想到竟是ER計畫的留學生。喏？神足先生，跟我說的一樣吧？」

「你什麼都沒說過。」

神足先生冷冷說完，雙手抱胸，一副「我只是禮貌上作陪，真想趕快回研究棟」的態度。這般粗魯無禮的態度，為何在這群人裡最令我感到親切？

「你真壞耶。這件事還是別告訴大垣君比較好，因為他想參加計畫卻無法成行。好像是被博士阻止？」根尾先生笑咪咪地續道：「不過你也真是的，為什麼退出ER計畫呢？說到ER3系統，對咱們學者來說，就像是憧憬的象徵哪。」

「……」

ER3系統——

本部位於美國德克薩斯州的休士頓，乃是個人經營的研究機構。就這層意義來說，這座墮落三昧斜道卿壹郎研究所亦可歸類為同種機構，但兩者規模判若天淵。與ＥＲ３相比，儘管對卿壹郎博士很抱歉，但這種鄉下研究機構不啻是可有可無。猶如大英博物館，宛如瘋狂收藏家，蒐羅全球各地的各類學術專家，再日以繼夜地進行研究，非但是一種「科學宗教」團體組織，還是極度狂熱的集團組織——這就是ＥＲ３系統。

　而ＥＲ計畫就是這座終極研究機構所進行的青年培訓制度。倘若不怕遭人誤解，以草率的方式表現，這就是**研究所附屬學校**般的制度。詳細經過在此略去不提，總之我從國二開始參與該計畫，今年一月左右退出返日。情況大概就是如此，而約莫五年間的最初二年，我便是師事於這位變態解剖狂三好心視老師。

　老實說，我並不太想解釋她究竟是何種性格之人，擁有何種過去；話說回來，剛才對鈴無小姐他們講述我的英雄事跡時，那場非常陰險卑鄙的升級考試，出題者正是這位心視老師。有關老師的介紹，我想這一點就已足矣。

　所以，聽說心視老師決定脫離ＥＲ３返日時，我不禁大呼快哉，欣喜萬分。跟我一起**遭受**心視老師指導的學生們，當晚借用機構內的一個房間，舉行大型派對。我不喜歡派對的喧鬧，對此類邀約向來敬而遠之，唯獨那次毅然參加。不僅參加，為了慶祝心視老師的離開，甚至一口氣喝光一瓶伏特加。

　最後因急性酒精中毒住進機構內的醫院，「反正後會有期，屆時再好好相處吧。」心視老師前來探病時留下這番不祥預言，以及雖未骨折卻被油性筆全身寫滿塗鴉的我

（犯人是誰就無須贅言了），就此離開病房和美洲大陸。

而預言如今一語成讖。

「哎～～當時雖然那麼講，不過真沒想到能跟小徒弟再會。老師很開心！非常開心！感激得很！」

「嗯，我也高興得快哭了。」

這臺詞的後半段並非謊言。全身舊傷一陣一陣地發疼，真的快飆淚了。「好，走吧。」我甩開老師的手，對鈴無小姐說：「志人君肯定在下面等得發慌，不快點去的話，待會又要被他嘮叨半天。」

「說得也是。」鈴無小姐頷首，高眺的身軀站起。「那麼三好小姐，多謝妳這席有趣的談話，極具參考價值。」

「不不不，不介意這種無聊事的話，隨時都能說給妳聽。咱家多半待在第三棟，在此逗留期間，有空就來玩吧。」心視老師大方一笑。「小徒弟若是像以前一樣有事跟老師商量，隨時都可以過來。」

「不用麻煩了。」我立刻回答。「老師的工作想必亦很忙碌。」

「『工作』哪……」老師輕笑。啊啊，就是這種笑。嗯，手術刀要從哪裡劃下呢——彷彿在如此尋思的這種笑。

「可是，唉，如果**這種玩意兒**叫『工作』，你不覺得生存真是輕而易舉？嗯？」

「……」

「嗯，你想必有許多話想說，下次咱們師徒倆獨處時再好好談談吧？」

「有許多話想說？這恐怕是老師您想太多了。」我借用玖渚的話對老師說。「我沒有話對老師說。」

「這真是寂寞咧，假使小徒弟沒說謊的話。」

老師毫不訝異，繼續咯咯大笑。

「那我們差不多也該走了嗎？神足先生，小心又要被博士臭罵。」

「被臭罵的只有你。」

根尾先生催促神足先生，神足先生簡單回答，兩人一起離開吸菸室，從我身邊走過。根尾先生向眾人恭恭敬敬地鞠躬，神足先生則是一派冷漠。呿，真是有夠極端的雙人組。話雖如此，看起來既不像感情好，也不像感情差。

我這時驀然想起兔吊木的話。

「那個……神足先生？」

「……什麼事？」一臉非常不耐地回頭。「有何貴幹？」

「頭髮修一下比較好喔。」

「……」

神足先生的神情宛如聽見某種密碼，一陣沉默之後，「不用你多管閒事。」惡狠狠地反咬我一口。接著與根尾先生並肩，朝電梯方向走去。

「喂，咱家也要走了，要是讓春日井等太久，她又會囉嗦了。」

春日井小姐……對了！這麼說來，美幸小姐好像說過「鈴無小姐在跟三好博士和春日井博士聊天」，可是這裡只有老師而已。那對凹凸雙人組大概是路過參加，那麼春日井小姐又到哪裡了呢？

「春日井說『聽這種古怪小孩的故事，簡直無聊透頂』，先到三樓去了。」老師從我的表情看出疑問，如此告訴我。

嗯，雖然尚未謀面，從這種行動看來，春日井小姐似乎是比較正常的人。儘管不知實際情況如何，姑且這樣期待吧。

「那下次再一起喝酒吧。就醬囉，掰掰，小徒弟。」

老師離去之後，吸菸室只剩我和鈴無小姐。鈴無小姐將只剩濾嘴部分的香菸捻熄，「伊字訣，」然後呼喚我。「跟兔吊木的會面順利嗎？」

「——雖然稱不上順利，不過大概跟鈴無小姐猜的差不多，沒什麼嚴重失誤。」

「是嗎？」鈴無小姐點點頭。「那真是、真是普天同慶。太好了，太好了。嗯，本姑娘也逛得相當盡興，只是不知該如何應付美幸小姐那種愛理不理的態度。」

「那種程度不能說是愛理不理喔，愛理不理會哭泣的。如何？參觀『墮落三昧』的感想？」

「處處都……莫名其妙吧？嗳，這種莫名其妙正是趣味所在。該怎麼說呢？心情宛如在異國漫步，喏，伊字訣。」鈴無小姐說：「那個……藍藍跟那個兔吊木，腦筋真的比斜道卿壹郎博士好嗎？本姑娘在此隨意遛達之後，實在很難相信有人比他聰明。」

「不能以外表評判他人喔……不過這種說教就像在關公面前耍大刀吧？」我聳聳肩。「嗯，這件事很微妙。因為腦筋好這種事，是無法完全化為數值比較的……這與剛才心視老師講的那個考試無關。」

「……若要說問題癥結，或許就差在世代。」

鈴無小姐不知為何信心十足地呢喃。

斜道卿壹郎——六十三歲。

兔吊木垓輔——三十五歲。

以及，玖渚友——十九歲。

以對方的全盛時期比較毫無意義，畢竟三人本來就是生於不同世代，而且最晚出生的玖渚友，照正常來看，目前仍舊處於成長期。

儘管不確定玖渚本身是否適用成長一語。

「伊字訣，你不覺得世代不同比才能更重要嗎？」鈴無小姐續道：「歸根究柢……就生於哪個時代這點來看，博士、兔吊木、藍藍三人之中，不是藍藍最占便宜嗎？因為道具和方法都比較齊全。這就跟猜拳時慢出的人會贏是相同的道理。」

必須開拓道路的人，以及只須鋪路的人。誰比較輕鬆，誰的成就較高，這根本無須思考。任何事都是後發先至者比較優秀——這種道理確實極具說服力。

話雖如此。

「我想事情沒這麼簡單……」至少聽剛才那兩人的對話，我並不如此認為。就算具有某種程度的真實性，可是絕非一切。「……或者該說，他們三人在這方面的評比，並非我等凡夫俗子所能忖量，別想太多對身體比較好。」

「或許是這樣。喏，伊字訣，藍藍在哪？怎麼沒看到人？你藏在口袋裡了嗎？」

「啊啊……我先送到樓下去了，因為不好意思讓志人君等太久。」

「喔～～送到樓下去喔。」鈴無小姐意有所指地重複我的話。「……換言之就算這樣，就算要將非常、非常重要的藍藍交給志人君，你也不想讓藍藍知道自己的過去。」

「……妳在說什麼？鈴無小姐。」我邊走邊打趣道：「玖渚早就知道了，她也知道我參加ＥＲ計畫，與ＥＲ３系統有關。我去休士頓留學原本就是玖渚哥哥介紹的，很正常吧？」

「可是你在那裡**搞出什麼名堂**？就沒跟藍藍說了。」

語氣非常肯定。我停下腳步。

「……老師說了什麼？」

「說了喔……要是說了，事情就好玩了。」鈴無小姐與我並肩，目不斜視，直直盯著正前方。「很可惜，三好小姐只有閒話家常。那個人在這方面似乎分得很清楚。看似輕佻，但重要之處必定支吾其詞。那種輕浮油猾的性格大概是偽裝的。你的恩師還真是了不起哪，伊字訣。」

「客氣客氣。」我努力裝傻道：「多謝您的誇獎，小弟不勝感激。」

「我可不是在誇你。總之本姑娘什麼都沒聽說，可是伊字訣，你有不欲人知的祕密吧？不想讓藍藍知道，最好也不讓本姑娘發現。迄今一直隱瞞那位老師的存在就是證據。」

「唉唷，只是不小心忘了。這根本就證據不足嘛。」

「……或許有人認為像你這樣故意掩飾或透露過去很帥氣，但至少本姑娘覺得非常愚蠢。」

「……我並沒有故意要帥。」

「嗯，我想也是，所以就不繼續追問了。我能體會你的心情，就算對象是藍藍，我也不認為必須傾吐一切。不論是誰，即便是你，是本姑娘，是淺野，都有一堆要是被別人得知，就再也活不下去的祕密。你沒什麼特別，你一點也不特別，所以……」鈴無小姐超前一步。「別做出背叛自我的行為。」

「……」

背叛，背叛。

「……鈴無小姐。」

「這次的說教就到此為止，下半場有機會再續。」鈴無小姐轉頭，接著朝我的腦袋拍了一記。「那我們快下去吧。志人君和藍藍都是急性子的人。」

「……也對。」

我緩緩點頭。

接著再度舉步前進，同時內心暗忖幸好這次旅行有鈴無小姐陪伴。

搭電梯到了一樓，我們一出現，志人君的怒吼聲立刻傳來。
「你們太慢啦！你們是騎海龜來的嗎？我是公主嗎？白痴！小心我給你們玉匣子喔！」
「對咩，阿伊。」這次就連玖渚亦表示贊同。「好慢耶，好慢耶，人家等得累壞了。」
「抱歉。」我簡短致歉。「那志人君，宿舍在哪裡？」
「嗚哇，你這小子讓別人左等右等，一句話就想帶過？啊〜〜不過我也很少去那裡，頂多像這樣帶訪客前往而已。宿舍在森林後面，靠近山崖，咱們都稱那裡是『鬼屋』。」志人君講完不祥評論，將鑰匙扔向我。「喏，這是房間鑰匙。總之準備了三個房間，你們隨意使用吧。」
「謝了，那麼，我沖好澡等你喔。」
「喔，那我工作處理完立刻就去，你先準備準備……聽你在放屁！」志人君咆哮。
「你給我差不多一點！別老是開我的玩笑！小心我殺了你！」
「而且阿伊，剛才那個很低級耶……」
「……真沒品。」
三人向我投來冷冷的視線。
原本打算炒熱氣氛，真無情。
「——呸！真是無可救藥的白痴……快走啦。」
志人君依序打開研究棟的玄關，這次橫越鋪設磚頭的中庭，朝研究所的下方走去。與進入研究所時使用的入口反向，與兔吊木所在的第七棟越來越遠。

咚！

水滴落在我的鼻尖。抬頭一看，天空泫然欲泣，數小時後恐怕將下起滂沱大雨。

我心神恍惚地想——倘若那位人間失格在此，大概將這種空氣評為「人類將人類，天空將天空，雨滴將雨滴劈開似的波詭雲譎」。

第一天（4）——微笑與夜襲

春日井春日 KASUGAI KASUGA 研究員

1 0

悲劇並非發生事件。
太平無事才是悲劇。

1

斜道卿壹郎博士說的那句「對玖渚大小姐而言或許有點髒亂」，大垣志人助手講的那句「鬼屋」，完全沒有誇張其辭、誇大不實。反而是過度謹慎。

與其說是宿舍，不如稱為廢棄公寓比較適合的建築物，令人懷疑落成後就未曾保養，莫非是專為撰寫水泥建築的風化報告所建。如此這般的建築物座落在森林深處，故而只能歸類為畏懼的對象，這種宿舍沒出現鬼魂才令人驚訝。

話說回來，鈴無音音和玖渚友兩人都不為所動，何止如此，她們反倒是一臉欣喜。「哎呀，挺有情趣的嘛，真不錯。拍照留念的話，淺野一定很開心。」鈴無小姐從容不迫地抒發己見，一副刻不容緩、迫不及待的模樣拉著躊躇不決的我，志人君見狀驚恐不已。

這棟廢棄公寓……更正！這棟宿舍共有三層。我們的房間在二樓，位於最靠近樓梯的三扇房門後面。玖渚是第一扇，鈴無小姐是第二扇，而我是第三扇。光看外觀，實在很難期待室內情況，沒想到建築物內部相當正常；然而這裡所說的正常終究只是跟外觀比較的相對評價。若將那位超級潔癖症的女僕小姐帶到此處，肯定會蹈厲奮發，大肆釋放平時累積的壓力——我淨想著這些無關緊要之事。

結束遲來的晚餐，依序沐浴舒解身心（順序是鈴無小姐↓玖渚↓我。因為玖渚玩水玩過頭，輪到我時，浴缸裡的熱水所剩無幾），凌晨左右，我們三人在玖渚房間內集合。

玖渚在床上滾來滾去，鈴無小姐倚牆打盹，而我背靠著房門，細細思量為何鈴無小姐的睡衣是旗袍？

「唔～～唔～～唔～～唔～～」玖渚頻頻低吟。「話說回來，到底是怎麼一回事呢？」

「怎麼一回事呢……妳還是在說兔吊木嗎？」

這是在晚餐以及鈴無小姐沐浴時，提過不下數次的話題。雖然頻頻提起，不用說當然沒有解答，這種事不可能有答案。

「這也是沒辦法的吧？」我一如先前談論時說：「如果障礙只有卿壹郎博士一人也就罷了……既然兔吊木本人都不想離開，總不可能硬將他拖出去吧？」

「說得也是——所以才傷腦筋呀。啊～～討厭，人家最怕傷腦筋了。」

「……」

聽說兔吊木對玖渚如此表示。

「我的確是在此協助卿壹郎博士。相較於妳當領袖的時代，一想到被『凶獸』和『雙重世界』那些成員圍繞的日子，這個工作場所有如垃圾集散地。」

兔吊木如是說。

「但這只是因為妳和他們擁有絕塵拔俗的才能，這裡其實也沒那麼糟糕。我想到的點子再由卿壹郎博士繼續發揮，這不是挺好嗎？一人思考不如兩人思考，這是顯而易見的道理。」

好一個標準答案。

僅只是標準答案。

標準的鬼話連篇。

「況且小兔也不是說那種話的人……絕對有事瞞著人家。」玖渚咕咚一聲在床鋪上滾動。「雖然不曉得是什麼，可是小兔絕對有所隱瞞。」

「有所隱瞞啊……不過卿壹郎博士這方面也頗有自信，那種不動如山的自信。」我說：「不管是否真的有所隱瞞，總之兔吊木就是不願離開那棟建築吧？就算讓一億步，假設我們有辦法將兔吊木拖出來，還是得先說服那位卿壹郎博士吧？從剛才的對話聽來，這件事也不太可能。他簡直就是『冥頑不靈的老頭』這句話的代表人物。何止不太可能，根本就是不可能。一個不可能或許還能挽救，現在是兩個喔！這下子真是束手無策了。」

「不可能跟不可能啊……唔，卿壹郎博士這方面……嗯，對呀，小兔的部分固然不確定，不過博士這方面事先就想好對策了；話雖如此，沒想到現在還對人家懷恨在心，真是固執呢。」

玖渚在床鋪上爬來爬去，雖說是爬，但玖渚現在是仰躺的姿勢，所以顯得非常噁心。話說回來，我還是頭一次看見這種仰躺式移動法。

玖渚「唰」一聲撈起自己的行李，取出一個光碟盒，朝我扔來。我用右手接住，接是接住了，但我畢竟不是光碟機，不可能讀取光碟內容。「這是什麼？」我問玖渚。

「基於本人曾在ER計畫鑽研電子工學的見識，這似乎是圓盤型的光碟。」

「嗯……可是如果連這點見識都沒有，就很糟糕哩。」

「CD-ROM嗎？喔……換言之這就是剛才對博士說的『明天見』跟『禮物』嗎？」

換句話說，這就是玖渚的王牌。

「正確來說，這不是CD-ROM，不過呢，算你厲害，答得妙！」

玖渚揮動小手，似乎是要我還她。我以擲飛盤的手法將盒子丟向她，可是玖渚並未伸手，而以俏臉相迎。

「……」

「……」

「……」

「……」

「好痛！」

我想也是。

「這裡面就是贖回兔吊木垓輔的代價嗎？可是僅僅七百MB的資料，豈能換取前集團、前叢集的兔吊木垓輔的智能？那位博士看起來沒這麼好騙哪。」

「情報是重質不重量的，阿伊。凡事都被數字矇騙的話，肯定要吃大虧喲。七百MB又算什麼？這世上還有某個駭人機械師能以16位元組的程式讓全球陷入無限黑暗。」

「是誰？害惡細菌嗎？」

「——再怎麼說，小兔都沒這麼低級咩。小兔知道何謂限度……雖然只是知道，總之他知道；但那個機械師對限度完全不屑一顧。做出那件事的不是『集團』成員，**它**是與『集團』極端對立的存在。」

玖渚的神情剎時變得極不平靜，變成與兔吊木垓輔相對，與斜道卿壹郎博士對峙時的那種表情。

「**它**並非駭客或怪客這種無足輕重的問題……喏，阿伊，這世上真的**存在**喔！真的毫無理由，單純是心血來潮，純粹是突發奇想，不花一絲勞力就蹂躪整個行星的非人者。就各種意義來說，人類所使用的邏輯、理論、戰略、戰術完全派不上用場的非人類。大幅凌駕『叢集』的『一個』真的**存在**喔……嗯嗯，是曾經**存在**，名喚『沙漠之狐』——」

驀然有一股冷空氣在室內流竄的錯覺。然而在我察覺那是錯覺以前，「嗯，先不管這種例外，」玖渚又恢復原本怡然自得的神情和語氣，撿起光碟盒。

「阿伊終究要白擔心一場了，因為這片光碟的質和量都奇大無比喔。這個呀，叫做C3D，是擁有一四〇GB容量的儲存媒體。目前尚未商品化……但也只是時間早晚的問題吧？總之，這裡頭裝了好多好多資料，包括小豹和小惡協助的東西，多到連一位元組的空間都不剩喔。」

「這就是妳最近躲在房裡做的『詭異作業』嗎？」我點點頭。「原來如此……王牌嗎？這確實非比尋常。既然如此，說不定有換取一顆天才腦袋的價值。」

再怎麼說，這都是集結三位昔日「集團」成員之力，全新研發的終極藝術品。儘管欠缺鑑賞力的本人看得一頭霧水，但如果讓有眼光的人來看，如果讓專攻情報工學、數理學的這間研究所成員來看，鐵定是無論如何都想占為己有的『情報』吧？更何況還是一四〇GB的超額內容。既然如此，即便是卿壹郎博士的那道銅牆鐵壁──

「──那妳還煩惱什麼？既然有這種好東西，第一個問題不就解決了嗎？」

「唔，阿伊跟博士談過之後大概也猜到了……去見小兔的時候，人家不是也稍微提了一下？關於博士越來越鑽牛角尖這件事。」

「這麼說來，好像講過。」關於科學家的性格還是孽障這一類的。我邊回想邊應道：「所以呢？」

「所以就是這樣呀，就是這樣。」玖渚嘆了一口氣。「人家也真是太大意了……事到如今說這個也沒用，不過原本就感到有點奇怪。斜道卿壹郎這種人物──這可不是諷刺喔，阿伊。先不管十二歲當時，人家現在真的覺得博士的研究很厲害——斜道卿壹郎這種人物為什麼要剽竊小兔的智能呢？人家一直想不通。就算不這麼做，博士也已經夠天才了，況且他對名譽和地位這些也沒什麼興趣呀。」

「可是，兔吊木的**天才程度**比博士更高吧？」

「這不是高低的問題。對天才而言，**程度**這種形容詞毫無意義。而且從剛才的『協商』也很清楚……那個人的自尊心很高，阿伊也知道吧？」

「我知道……」那種矜持程度稱之異常亦不為過。「……那又怎麼了？」

「自尊心高的人或許問題多多，不過應該不至於剽竊他人。」

「嗯，妳這麼一講，我也不得不同意……」

誠然如此，假如對名譽和地位有興趣，就不可能跑到這種荒涼、荒涼、荒涼的深山。這個理由不僅適用博士，其他研究員亦然。

「但是，這樣的話，卿壹郎博士為何將兔吊木——」

如果這種剽竊行為只是為了掩飾真相，不惜做出此種不名譽之事，那位博士究竟是想做什麼？

「研究人工智能、人工生命的可能性時，還有些可愛之處……唔，現在這樣就完完全全是『墮落三昧』了。再怎麼說這都已經逾越人類範疇，徹頭徹尾地墮落了。」玖渚霍地抬起上半身，對著我。「話說回來，阿伊，你覺得『Demon』是什麼意思？」

「咦？『Demon』的話，就是惡魔吧？」

「嗯，這也沒錯，確實也有阿伊講的這個意思；可是呀，在博士身處的情報密碼學的世界裡，還有別的意思喔。『Demon』是指靜靜守候**某項條件**發生，等待、等待、等待，然後在條件發生的那一刻，順暢執行該機能的**程序**……搞不好博士在遇見人家之後……不，是在遇見人家之前，就一直等待喔……等待這種絕佳機會。**Mad Demon**——瘋狂程序嗎？形容得真妙。相較之下，小兔喜歡的絕妙邏輯比這種東西善良多了。」

「……」

玖渚極度認真地說，但我完全不解其意，這大概又是一種八竿子打不著關係的感覺吧？玖渚的危機感完全沒有傳達給我，根本不明白她不安些什麼；話雖如此，唯獨事情將更加惡化一事，看來是不會錯的。

「阿伊聽不懂嗎？總而言之，」玖渚說：「這個……好不容易造訪的機會，六十三歲時終於出現的絕佳機會，要博士以這一、兩片光碟交換，何止十分有問題，應該是非常不可能的喔。」

「妳是說博士做的研究比『集團』、比『叢集』原創的這張光碟更有價值？」

「不是這個意思。人家可以保證，如果要比價值，這張光碟肯定比較高。一百人裡頭會有一百人這樣回答，就算換成一千人也一樣；可是，絕對基準和相對基準的價值判斷差異是無法衡量的，套句博士的話，這可是一名科學家賭上人生——花費一生所進行的研究耶。這應該是無可替換、無可取代的東西吧？先別管什麼善惡、什麼倫理的。」

「是嗎？實在很難苟同。」我對玖渚的話抱持疑慮。「我倒不認為學者會說出如此浪漫的言論。到頭來，學問就是如何計算利害得失的問題吧？」

「咦？伊字訣，你這話就怪了。學者這種種族，不正是浪漫主義的代表嗎？」原以為在打盹的鈴無小姐突然打破沉默，插嘴道：「若非浪漫主義者，又豈會想出朝月球發射火箭這種荒謬的行為？考一百分這檔事，到頭來就是男人的浪漫吧？」

「浪漫嗎……」

或許正如鈴無小姐所言。我想起今年四月認識的某位學者，姑且對鈴無小姐點點頭，但我覺得那位名叫斜道卿壹郎的老頭不可能這麼簡單。他是與簡單相距甚遠，性質頗為惡劣的人類。這番話既然出自本人之口，肯定不會錯。

「而且啊，本姑娘是覺得身為局外人的自己不便多嘴，才努力沉默至今，但你們倆的言論實在太奇怪了，伊字訣、藍藍。」鈴無小姐續道：「伊字訣，首先是你！你剛才說什麼『讓一億步』，但這也不是你說讓就讓的問題吧？兔吊木的意志，為什麼伊字訣可以隨意出讓？」

「不，這純粹只是閒聊——」

「啥？閒聊？真是方便的託辭。」鈴無小姐譏笑道：「還有藍藍！」

「唔咿？」玖渚將玉頸轉向鈴無小姐。「人家說了什麼奇怪的言論呢？」

「奇怪的言論就是……唉，由本姑娘指責藍藍這種聰穎少女或許才叫奇怪，總之我就直言不諱了。」鈴無小姐頓了一下。「喏，藍藍，既然兔吊木本人表示無意離開，本姑娘覺得應該尊重他的想法。如果兔吊木表明願意待在此處，為何非得逼他離開呢？倘若真有心『幫助』對方，這豈非倒行逆施？既然兔吊木自己希望留下，任何行動都只是多管閒事吧？」

「可是鈴無小姐，」我忍不住探身反駁鈴無小姐。「據小豹所言，卿壹郎博士握有兔吊木的……**某項弱點**。從剛才博士言談間的態度來看，我想鐵定沒錯，兔吊木便是因此受困在這裡。換言之，在第七棟遭受物理性的囚禁以前，他已經被某種隱形鎖鍊束縛。既然如此……我雖然無意全盤否定，但這終究無法稱為個人意志。」

「就算這樣，兔吊木有對藍藍或伊字訣說出『救救我』，或者表達類似的態度嗎？如果有的話，我就能接受。聽好了！如果有的話，就連本姑娘都會出手相救。套句淺野的話，見義不為，無勇也，這是身為人類的當然作為。」鈴無小姐說到此處，目光射穿我們兩人。「可是你們現在不是如此。完全不是如此，根本不是如此，高速反向噴流地不是如此，反而、反而、反而是徹底相反。呃……那個誰？小豹嗎？從小豹的情報得知兔吊木的『困境』，在小惡的協助下想出『對策』，然後來到這座斜道卿壹郎研究所。喏，伊字訣，這其中哪有兔吊木垓輔的意志？難不成是藍藍基於老交情，預先洞悉兔吊木的想法？」

「……」

「鈴無小姐，妳說得太過分了。」

沉默不語的玖渚，以及因此指責鈴無小姐的我。「我還沒說夠呢。」但鈴無小姐彷彿毫不在意。

「我還有許多話沒說。」鈴無小姐接著轉向我。「那麼，就換本姑娘讓一億步……不，讓一千萬步吧。」

因為是很正經八百的場面，我決定暫不吐槽。

「就假設兔吊木其實很想離開這裡。就假設他真的想離開，但因故無法離開。就獨斷專行、固執己見地擅自如此假設吧。可是，兔吊木仍舊壓抑自我期望，毅然滯留於此……或者該稱為『監禁』嗎？他並非被動者。本姑娘認為理當尊重他的決定。」

「尊重？」

「正是。一個大男人**徹底捨棄**自己的人生、自己的一生，選擇滯留於此吧？他是心甘情願幫助比自己才能低劣的人吧？既然如此，這不就得了？何來你我置喙的餘地？兩位好像有所誤會，本姑娘提醒一下，兔吊木不是小孩子喔。你們倆才是只比他一半年紀多一點的——」

鈴無小姐依序指著我和玖渚。

「你們倆才是小孩子。」

小孩子。

的確如此。

若非她這麼一提，我幾乎要忘了，別說是我自己，就連玖渚友都一如其少女外貌，其實只是個孩子。只是十九歲又三、四個月大的小孩子。

「——嗯。」

過了半晌，玖渚蓁首輕點，我初次目睹她這般老實乖巧的表情。

「這件事確實就像音音說的那樣。關於這件事，我想真的就像音音說的那樣。而且要是小兔說這樣就好，人家也不打算插手的。」

「咦？」鈴無小姐杏眼圓睜。「這話是什麼意思？」

「意思就是如果小兔企圖隱瞞，那也沒有關係。人家既不打算過度干預小兔，也認同這種程度的自由意志。可是呀，音音，目前的問題在於卿壹郎博士。『墮落三昧』斜道卿壹郎博士，他的目的喔。」

「……什麼意思？」這次換我提問。「那位博士確實像是大有問題……不過既然說『目的』，是指他有所企圖嗎？」

「所以……阿伊你想想呀，你不覺得奇怪嗎？這麼大的機構，居然只有六名研究員耶。就算加上助手小志，也只有七人。人家跟小直一起去北海道時，那裡的成員至少也有三十名左右。」

「這當然有點奇怪……不過這就是所謂的少數精銳吧？」

這類學術研究與運動等等不同，並非人數越多越好。人數一多反而容易混淆整體思考方向，無法釐清真理。雖然運動能力的個人差異也很大，但還是無法與思考能力的頂點與底層差距比擬。

嗎？」

「嗯，對，正是如此。阿伊，採取少數精銳制的最大理由，你不覺得是為了保密

「也有這種可能……但是這間研究所已經夠嚴密了吧？還有必要再減少人數嗎？」

「反過來說，意思就是博士正在進行非得如此嚴密防守的研究，不對嗎？」

「……妳的表情好像已經推測出什麼了。」

「嗯，不過真的只是推測。」玖渚停頓一下。「可是，這種事只有推測才想得到。總之，基於這間研究所的結構、地理位置，以及神足雛善、根尾古新、三好心視、春日井春日等成員的來頭，這些條件再加上小豹取得的情報，經過人家的演算，這應該、鐵定就是正確解答喔。」

「……」

「將小兔——將兔吊木垓輔關在這裡的理由，並非為了跟他一起進行研究……更不是為了剽竊。卿壹郎博士根本沒把小兔**視為研究員**。」

「——不是……研究員？」

「自己力有未逮，才想使用小兔的力量——這種想法是大錯特錯哩！博士不可能做這種事的。阿伊，斜道卿壹郎博士密謀的是……」

玖渚，

彷彿透視我似地凝睇我。

「將『害惡細菌』兔吊木垓輔本人當做**實驗體**，進行——特異人類結構研究（Ultrahumanoid Dogma）。」

2

哲學時間，第二講。

據心視老師說，「細菌乃是地球最強的生物」好像是生物學家之間的常識。細菌足跡遍及整個地球，而且繁殖能力無可匹敵。倘若細菌是一，人類的生殖能力就算以門外漢的眼光來看，亦低於百兆分之一，這在數學上是足以視為零的數字。簡言之，面對細菌這種生物，人類無異是可有可無。

然而，單細胞微生物，換言之細菌沒有智能。因為我沒有當細菌的經驗，無從判斷它們是否真的沒有智能，但恐怕如此斷言亦無妨。是故這麼一想，不免就會認為「人類好歹都有智能，因此從生命體的角度來看，人類理當比細菌優秀。哪又有能夠使用電腦遨遊網路世界的細菌呢？」這種觀點亦不無道理。人類的睿智所創造的文化、文明，姑且不論好壞，不，**不論結果好壞**，至少可以暫時承認這些都具有價值。

然而，這恐怕與能量守恆定律的弔詭議論殊途同歸。舉例來說，本人打算使用C語言撰寫某個應用程式。於是乎，我首先到書店購買C語言的專業書籍，不，首先購買入門書籍，苦讀之後，開啟電腦電源，慢吞吞地輸入C語言，最後完成應用程式。而另一方面，以玖渚友或兔吊木垓輔等等前『集團』成員為首的駭客們又會怎麼做呢？非常簡單。他們**直接**撰寫應用程式。該怎麼做才好？應該怎麼做？這些他們均無須考慮。就像騎腳踏車，這種行為甚至沒有技巧。此乃他們這群熟稔者的慣用花招，他們甚至不必思考。記憶力好之所以不等於天才，正是因為存在著這種不成文規定。他們甚至無須記憶。

但不管他們如何優秀，能夠做的都與我無異。

為了生存，努力建構文明、文化、科學、技術、學問的人類生物，以及只求存活的細菌之間，究竟能否判定優劣？我既沒有抬舉微小生命體的意圖，亦不是想輕視萬物之靈。我這裡想問的並非智能本身，而是智能的存在方式。努力鑽研也好，不努力鑽研也罷，假使終歸是在相同地點執行相同行為，我們到底對未來有何期盼？

「這些理論應該整理清楚之後再說，我這種急驚風沒事班門弄斧，簡直是打腫臉充胖子。哲學結束！」

我咕噥完，睜開眼。

時間剛過凌晨一點。地點是斜道卿壹郎研究所的中庭——四周環繞著研究棟，地面則鋪有磚頭——我獨自佇立。離開玖渚的房間之後，返回自己的房間準備休息，不知為何腦袋異常清晰——失眠的我於是偷偷溜出宿舍，一路步行至此。

目前仍未下雨。大有山雨欲來之勢，卻無法拿定主意的積雨雲。白天氣溫頗高，但不愧是山區，再加上烏雲罩頂，入夜後頗為寒冷。「天氣這麼冷，我為什麼要出來呢？」我一邊回想，一邊信步而行。

脖子猛然一扭，正面轉向第三研究棟。第三研究棟。換言之，就是三好心視大恩師的地盤。那位人體解剖狂業已就寢了嗎？究竟如何呢？這裡的建築物通通沒有窗戶（雖然宿舍有），無法確認室內的燈是否亮著。

「……」

在ER計畫授課的學者來自世界各地，因此課程是以全球各種不同的語言進行；話雖如此，以日本方言授課者就只有心視老師一人。是故，身為日本人，同時又是關西出身的我，就必須擔任口譯者，與心視老師接觸的機會自然增加。

與我立場相似的日本人留學生（以及通曉西日本方言的外國人）數目雖多，但幾乎都是中途退學。將參加計畫的年輕才俊頻頻逼退的心視老師，被學生們取了一個「青苗劊子手」的綽號。順道一提，這位心視老師底下唯一沒有退學的我，被取了一個「切腹被虐狂」的綽號。

「……咦？」

而今回想起來，我好像被取了一個非常悲慘的綽號。

「……可是，唉，真沒想到會在這種地方重逢哪……」

對玖渚來說，這次旅行是與兔吊木垓輔的重逢之旅，想不到對我而言，亦是一場重逢的旅程。

我想起鈴無小姐的那席話，與老師重逢之後，鈴無小姐對我說的那席話。鈴無小姐猜得沒錯，我不想讓玖渚知道我在休士頓做過什麼。這跟我不想知道玖渚和兔吊木他們是何種「集團」，恐怕是相同的理由。

「總覺得我最近變得非常討人厭……我是這種角色嗎？」

換句話說，就是假面具被揭開了。

就在此時，某處傳來動物的低吟。雖說某處，然而這等烏天黑地，研究棟一類的巨大物體或可辨識，但其他東西的輪廓實在難以捕捉。我一邊提高警覺，一邊環顧周圍，可是四下不見人影。我暗想也許是自己多心，忽然某處又傳來呻吟似的低語……不，是聲響。

「聞其聲而不見其影……然其味無所遁形嗎？」

實在不該說這種不合身分的帥氣臺詞，我的集中力瞬間渙散。而在那一瞬間結束前，**它**……不，**它們**朝我撲來。

背後一個，還有前面一個。

「咦？」

我避無可避地被推倒，右半身撲向磚頭地板，右臂強烈撞擊。倒地時雖然屈身防護，仍舊無法立即起身。不，就算不是這個原因，**它們**也不允許我站起。**它們**猛力壓住我，接著……伸舌**舔拭**我的臉孔。

「……」

我此時終於發現。

「……狗？」

原來是狗。兩隻黑色，約莫國中男生大小的巨型犬。一邊**嗚嗚嗚**地低吟，突然伸舌**舔拭**我的臉孔。唾液從臉頰淌下，老實說非常不愉快，但「牠們」用前腳牢牢踩住我（而且還是兩隻），我一動也不能動。完全無力抵抗，只能任由牠們為所欲為。

原來如此，剛才看不見是因為牠們的毛色乃是與黑夜融為一體的漆黑，不知聲音從何而來是因為牠們分別在不同地點低吟嗎……我一邊慘遭黑犬蹂躪，一邊冷靜分析。

「──噓！」

聲音。

這次傳來人類的聲音。因為聽不清楚對方說了什麼，我微微抬頭，朝聲音來源望去。對方身影在闇夜中模糊難辨，不過，可以確定有人站在那裡。

「──住手。」原來是女人。她以極度冷酷的聲音，可是格外清晰的發音喝令。兩隻黑犬聞聲之後，旋即鬆開我，快步奔回她的站立處。終於重獲自由的我，一邊伸手撐起身體，甩甩頭，以袖子擦拭臉上的唾液。低頭望胸口一看，四個漫畫般的狗腳印清晰可見。與其說是愚蠢，不如說是滑稽。

「不好意思啊小弟弟。」她跟剛才一樣冷酷地對我說：「沒想到這麼晚還有人在外走動所以沒有栓住牠們。你瞧牠們也趴在地上道歉了。」

極度欠缺抑揚頓挫的說話方式，完全沒有斷句；話雖如此，該怎麼形容呢？由於發音就像舞臺演員一樣清晰，是故並不難理解。

「……」我緩緩站起，走近她一步。「……不，我不在意。」

「滿臉口水還說不在意真是有趣的小弟弟哩。」

她微微一笑。接著主動走向我，從白袍口袋掏出手帕，替我擦拭臉孔。儘管有些難為情（臉自己擦也就好了），我還是任由她擦拭。

我繼續讓她擦拭臉孔，同時默默觀察。白袍。白袍。換言之，她是這裡的研究員。這又不是國中生制服，即便是研究機構，也不可能有二十四小時穿戴的義務，但這間卿壹郎研究所，似乎人人都有穿著白袍的習慣。

換句話說，她就是——

「……嗯。這樣挺拔多了。」她說著歐巴桑似的臺詞，將手帕收進口袋。「我是春日井春日……你多半已經知道了。你就是大名鼎鼎的玖渚友嗎？」

「不是，我是那個古怪小孩。」

「啊啊那你就是小留學生跟班了。這麼說來頭髮好像不太藍。而且又是男孩子。你是男孩子吧？抱歉。天色太黑看不清楚呢。」

她點點頭，向我伸出右手，似乎是想跟我握手。我一時有些躊躇，最後還是握住她的手。

兩隻巨型黑犬彷彿在伺候春日井小姐，在她的腳邊轉來轉去。這樣隔了一段距離重新觀察，長得倒是十分可愛。不知是什麼品種？有點像是杜賓犬，不過體型似乎大了些，甚至比聖伯納和大白熊犬還大上一、兩圈。巨型犬多半有些遲鈍，這兩隻黑犬卻顯得凜然難犯。

「這麼晚在外走動不太好喔。」春日井小姐剛一鬆手，就淡淡說道：「這裡畢竟是有許多機密大事的研究所。你也不想被人無故懷疑吧？還是你找誰有事？」

「嗯嗯，啊……」與春日井小姐相反，我支支吾吾回答：「我目前正在努力回想。」

「努力回想？」

「我的記憶力不好，所以忘了自己為何離開宿舍。」

「看不出你這麼愛開玩笑。不愧是那個三好的弟子。」春日井小姐撇嘴輕笑幾聲。

儘管我並非開玩笑，「不，是真的。我的記憶力等於零，總之就是零。我是廢物！偶爾甚至會忘記自己的名字。忘記也就算了，有時甚至會記錯。換句話說，我的記憶力何止是零，根本就是負數。小學考試時，不小心寫成隔壁女同學的名字，而且讓她吃鴨蛋，真是徹頭徹尾的蠢材。」可是這時如此堅稱亦毫無益處。與其被視為無可救藥的白痴，倒不如被當成講笑話高手，「對呀。」我只有如此應道。

「這麼晚遛狗嗎？」

「我喜歡夜晚。這三胞胎也喜歡夜晚。至少比白天喜歡。」

「三胞胎？」我又瞟了一眼她腳邊的黑犬們。一隻、兩隻，只要不是以十進位計算，怎麼看都只有兩隻。「是三胞胎嗎？」

「嗯。你討厭三胞胎？」

「不是，我最喜歡三胞胎了，可是少一隻喔。」

「其中一隻生病正在療養……不過老實說是正在進行動物實驗。」春日井小姐雙肩不動，語氣認真地說：「這兩隻也在等號碼牌。所以為了維持健康狀態目前正在運動。」

春日井春日。

動物生理學、動物心理學、獸物分子學——同樣是理科，但異於卿壹郎博士、兔吊木、神足先生和根尾先生，研究對象並非機械、物理法則、理論和方程式，沒錯！真要說的話，她的研究範疇比較接近心視老師的人類解剖學，換言之就是專攻「生物」的學者。對她而言，動物並非寵物或者賞玩對象，充其量只是實驗對象。

我重新端詳兩隻黑犬。也許是因為有了先入之見，春日井小姐腳畔的牠們除了凜然之外，彷彿又增添了一股悲哀的氛圍。

「話說回來你們究竟是到這種深山幹什麼？」春日井小姐依然毫無抑揚頓挫地說：「既不像是來探訪故人又不像是來拜訪博士。」

「我也不知道。」我雙手一攤，故作不知。「畢竟我只是跟班，這種事要問玖渚本人才曉得。」

「你們若想將兔吊木先生帶離此處我想是不可能的。」

「……」

我保持雙手攤開的姿勢僵立。

「因為博士對兔吊木先生的執著非同小可。真不知那位老先生在想些什麼。又要我做些什麼？」

春日井小姐說著背轉過身，眺望遠方。那道視線前方，沒錯，正是第七棟，就是兔吊木垓輔所在的研究棟。

「……春日井小姐不知道博士在做什麼研究嗎？」

我想起玖渚適才的話，問春日井小姐。

「研究啊。研究嗎？」春日井小姐聞言，露出意有所指的輕笑。「那位博士真的有在做研究嗎？搞不好根本沒在做研究。因為卿壹郎博士做的與其說是研究不如說是戰爭。可是倘若你問我那是什麼種類的戰爭我確實也答不上來。」

「……咦？」

完全聽不懂。

「總而言之。」春日井小姐將目光移回我身上。「正確來說我只是不知道自己在做什麼。暗想我為何要做這種事然後像馬兒一樣每天每天馬不停蹄地幹活依照指示做那些亂七八糟的難題。」

「真的有在做嗎？」

「有。」春日井小姐一副煞有介事的模樣深深頷首。「真的有在做。唉真不知那位老先生有何信念。」

「……」

話題越來越詭異了。這麼說來，志人君雖然有事沒事就吐槽根尾先生，不過春日井小姐對卿壹郎博士的語氣又與那種惡態不太相同。既不像在埋怨，又不像在發牢騷，到底是怎麼一回事？

「狗。」春日井小姐冷不防改變話題。「你喜歡狗嗎？」

「……還好，說不上討厭或喜歡。狗是動物吧？」

「沒錯。動物喜歡親近動物愛好者這種說法終究是民間傳言嗎？看牠們親近我的模樣或許是真的。」

「誰知道？因為我沒學過動物心裡學。」

「喔～～畢竟這在理科中是二流學門。」春日井小姐不知為何對我投以妖豔的笑容。我不明白她的意思。「所以我才被拘禁在這種荒山。」

「被拘禁？」

「唉唷說錯話了。我真是太不謹慎了。你似乎有讓他人粗心大意的能力。總之小弟弟你就當沒聽見吧。」

她的表情瞬即恢復正常。

「說得也是。既然你有時間就來聊聊天吧？」

我正想自己何時說過有時間，只見春日井小姐向兩隻黑犬下了某種指令。黑犬立刻有所反應，一隻繞到春日井小姐後方，另一隻繞到我後面，接著擺出「趴下」的姿勢。

「站著也不好聊小弟弟你也坐下吧。」

春日井小姐言畢，真的往黑犬背上一坐。那龐大身軀當沙發確實很合適，可是若被動物保護團體知悉，事情鐵定無法善了。

「……」

回頭一看，我後方的黑犬朝我瞥了一眼。唉，居然這樣看我，教我該如何是好呢？

「怎麼了？不用客氣坐下吧。狗基本上是野生動物所以很柔軟很舒服。不用擔心牠身體很強壯的。你不是沒有特別喜歡狗嗎？」

「不，多謝好意，可惜我罹患坐在狗背上兩秒就會死亡的病。」

「喔？那就算了。」春日井小姐揮動手指。我後面的黑犬一見手指立刻站起，繞到春日井小姐的右側。春日井小姐理所當然地將手肘擱在狗背上。

「大家好像都不太喜歡這種調調。我個人是認為跟羽毛坐墊沒什麼不同。活著不行死了就可以嗎？」

「其實我只是怕被狗咬而已。」

「不用擔心。這兩隻還沒實驗很乖的。正在進行實驗的另一隻就沒辦法保證了。嗯──老實說三好經常跟我講述你的事跡。」

「喔？這真是令人毛骨悚然。」那個變態！只能希望她沒隨便說三道四。很抱歉，我不像鈴無小姐那般信任心視老師那個長舌婦。「我敬重的大恩師說了什麼呢？」

「都是無關緊要的事。可是你現在的行動跟三好描述的不太一致。你應該不是會為了救兔吊木先生——救他這種說法無妨吧——而專程到這種地方的勤奮小孩吧？」

「沒想到妳竟能面不改色地羞辱人……別看我這樣，其實也相當勤奮喔。每天都寫詩詞日記。」我聳聳肩。「不過呢，『專程』這點倒沒講錯。我壓根沒想過要救兔吊木。有這種想法的只有玖渚，鈴無小姐似乎是決定不干涉不妥協，就我個人想法，坦白講怎樣都無所謂。」

「喔——」

「基本上，我上個月才演過這種救人戲碼。對象是漂亮妹妹也就算了，我可不想為中年歐吉桑捨命。我這次只是單純的旁觀者。」

「旁觀者啊。這是一個好字眼。」春日井小姐微笑。與心視老師截然不同，是極具成熟女性魅力的微笑。「旁觀者是一個好字眼。也許是最好的字眼。而好字眼是不會凋零的。」

春日井小姐宛如歌唱般訴說的這番評語十分震撼人心，但總覺得像是從國外電影偷來的臺詞（註18）。

「喏小弟弟。根尾先生神足先生還有三好都認為你是玖渚友的男朋友其實不是吧？」

「總算遇見肯這麼說的人了。」我聳聳肩。「每次遇見這裡的人，開口閉口就是男朋

18　取自電影《刺激1995》（The Shawshank Redemption）之中，男主角安迪對獄友雷說的話：「心存希望是一件好事，也許是最好的事，而好事是不會凋零的。」

友男朋友的……真是敗給他們了。不過，即使是其他地方的人，多半也都是這樣。」

「這是沒辦法的吧？花樣年華的男女如此相親相愛任誰都不免要用有色眼鏡檢視。」

「花樣年華啊……玖渚的精神年齡比之過小，而我則過於老成。」

「老成嗎？但是三好說你『那小子的精神年齡停頓在國二』。」

國二——十三歲。

與玖渚友相遇的年紀。

六年前。

「……」

「話說回來男女朋友嗎？真是一個壞詞彙。男女朋友是一個壞詞彙。也許是最壞的詞彙。而壞詞彙是不會凋零的。」

這次改編成摸不清是從哪裡剽竊的說詞。

「總覺得很老套。我不是說老套不好。你對此有何看法？你肯定戀愛嗎？」

「誰知道？因為我從未喜歡過任何人。」

「真是老掉牙的臺詞。可是嗯腦筋好的人就各種意義來說都不適合談戀愛。既已邁入進化的死胡同。就這層意義來說我認為卿壹郎博士很厲害。」

「——什麼意思？」

「才能這東西基本上是不具產能的。反而是破滅性之物。既然你待過ＥＲ３系統應該就明白——留名千史的天才幾乎在十幾二十歲就將才能發揮殆盡了。」

「嗯嗯——啊啊，確實如此。」

偉人們的照片多半是白髮蒼蒼的姿態，但他們被人直呼「天才」的年代多半只到三十歲，之後便是靠「天才」的經驗——才能的殘渣度過人生。並非沒有終其一生都維持「天才」身分的罕見例子，但這只是由於當事人英年早逝。

玖渚友和斜道卿壹郎之所以不合，或許就是基於這種理由。我回想在第一棟二樓與鈴無小姐那席有關「世代不同」的對話，同時暗自思索。昔日的「天才」和現今的「天才」——其間差距在各種意義上對彼此都是決定性的。

博士被迫目睹自己業已失去的才能。

玖渚擁有終將失去的才能。

同樣是天才，只因出生時代不同，就會出現這般差距嗎？

若然……位居兩者之間的男人。

兔吊木垓輔又是如何？

他是現在進行式的「天才」嗎？

抑或者是「過去式天才」？

「可是博士那把年紀還不放棄生產。儘管那是從破滅中創造的生產依舊很了不起。」

「但就算這樣——」

我想起玖渚剛才那番言論，差一點就要出言反駁，好不容易在最後一刻壓抑下來。春日井小姐看見我的模樣輕輕一笑，脖子一歪道：「喲！這次是你我都說溜嘴了。」動作照樣很有氣質。

「不觸及這方面的事情好像比較愉快再轉回原先的話題嗎？就算你和玖渚都認定彼此不是男女朋友的關係。」春日井小姐咄咄逼人地說：「你和玖渚恐怕連朋友都稱不上。我的這種推測有錯嗎？」

「真是自作主張的意見……這得看你對朋友的定義。」

「我想也是。沒先定義就發問是我不智。」春日井小姐輕輕頷首。「但話說回來人生這種東西本來選項就不多。能夠選擇的道路至多也只有六個吧？喜歡討厭普通……另外三個是什麼？」

「愉快、不愉快和無所謂嗎？」

「喲！小弟弟你還真會說話。可是這畢竟就像擲骰子。所以天緣注定這類想法應該是錯覺。雖然我不是指一切都是不期然而然的結果。」

「這方面我大概同意。」

「哎呀哎呀我們挺投緣的嘛。我有點吃驚呢。不過這也是偶然嗎？」

「嗯……就算是，這種偶然也不壞。」

「也不壞嗎？如果你這句話是發自內心我也許很開心喔。」春日井小姐輕聲一笑。

「六個選項嗎？我只是隨口說說沒想到如此意味深長真有趣。」

「……可是，我連六個選項都沒有。仔細一想，我出生自今好像從未做過選擇。」

「我搞不好也一樣。」

春日井小姐不假思索地應道。我偷偷觀察，但她的表情很普通，沒什麼特別之處。

「嗯，即使假設選項只有六個但第七個選項終究存在。因為不論如何『不選擇』這種選項都是被容許的。」

「選擇不選擇……嗎？真是矛盾弔詭。」

「對，我不喜歡選擇或決定這類東西。從三好的形容或剛才的言論聽來你也是這種人吧？搞不好你也是如此。」

「我確實也有這種傾向。」我同意春日井小姐的意見。「真要說來，這畢竟是最輕鬆的。」

「嗯。」春日井小姐也點點頭。

不選。

不選擇。

卿壹郎博士的祕書美幸小姐對我說的那句「我沒有個人主張」，或許更適合我和這位春日井小姐。

「說得也是。我也是如此認為──哎呀呀！」春日井小姐住口，從黑犬身上站起。

「──下雨了。」

我聞言抬頭。積雨雲終於達到飽和量的極限。毛毛雨般的細密水滴保持一定間隔從天空滴落。春日井小姐依序撫摸一下兩隻黑犬的背脊。

「這兩個孩子不能感冒趁雨勢還沒變大我先回研究棟囉。況且那些不可能解決的工作也還堆積如山。」

「真辛苦。」

「工作當然應該辛苦。不論是想做或不想做。你也是一樣吧？」

春日井小姐說完，朝我走近一步。我以為她又想跟我握手，但並非如此，春日井小姐繼續朝我走近兩步，接著伸出雙手固定我的頭部，然後直勾勾地注視我。

「咦？春日井小姐？怎麼——」

我還沒說完，春日井小姐就已從嬌小檀口中伸出長得嚇人的舌頭，接著用那個舌頭**舔拭**我的臉孔。溫溫熱熱、赤裸裸的生物感觸直達我的大腦。

「……！」

我忍不住用足以稱為狂暴的動作揮開春日井小姐，同時快步向後掠開約莫三公尺。

「妳……想……做什麼？怎麼……突然……」

「……你剛才說不在意狗這樣做所以想知道換成人的話會怎樣。」

「渾身上下都非常在意。」

「是嗎？那抱歉了。我道歉。」春日井小姐若無其事地道歉。「因為好久沒遇見小男生情不自禁。」

什麼叫「情不自禁」？

「小弟弟。藉此機會我就直截了當地問了。」

「是……」

「要不要一起走到研究棟的寢室跟大姊姊親熱親熱？」

「……請別直截了當問如此驚世駭俗之事。」

「驚世駭俗嗎？」

「正是驚世駭俗。」

「不行嗎？」

「不行。」

「什麼玩法大姊姊都奉陪喔。」

「……」

不，本人可沒有動搖。

不過呢，原來如此，語氣毫無抑揚頓挫，發音還能如此清晰，原因就是那條長長的舌頭嗎？如果這也是某種伏筆那還真討厭，我邊想邊說：「男人的話，不是還有其他人？例如神足先生、根尾先生。」

「不整理頭髮和胖子不能算男人。」

春日井公主輕描淡寫地講述殘酷無比之事。

「那志人君如何？那位少年也算是青澀果實，現在吃正好吧？」

我試著推薦。

「嗯。他早就被宇瀨吃掉了。」

原來已經確認完畢。

「既然如此，兔吊木先生呢？他其實是不錯的男人吧？」

「真的嗎？」春日井小姐興致盎然地轉動脖子。「兔吊木先生從未離開研究棟所以我沒見過他。當然有透過電子郵件等等看過他的研究成果確實令人激賞不過我也沒變態到會對這種情報產生性慾。」

對初次見面的未成年出手的那一刻起，就非常接近變態了。呃……雖然我這麼認為，可是並沒有說出來。

嗯，春日井春日小姐看來並非如外表所見的那麼正常。讀太多書的人果然都怪怪的，雖然我這麼覺得，但還是沒有說出來。

「嗯反正你考慮考慮。那你也快點回去吧。在這種荒郊野外生病就慘了。我的專業是動物三好的專業雖然是人類但僅限死人。掰掰。」

春日井小姐鞠躬之後，開始朝第四研究棟走去，兩隻黑犬宛如精靈般跟在後面。我暗想那與其說是遛狗，根本就是保鑣。我擦著被舔拭的臉頰，目送春日井小姐融入黑夜。

「快點回去……嗎？」

這是叫我回宿舍？抑或是叫我回家呢？目前的我還無法判斷。我甚至連這座漫無邊際、隱約模糊的斜道卿壹郎研究所的一成都無法理解，當然還無法判斷。

衣服的水分逐漸增加。我決定現在先回宿舍，轉身走向杉樹林。

「話說回來，真沒想到會遇到春日井小姐哪。」漫步在陰森森的樹林裡——話說回來，再不到一小時就是凌晨兩點嗎——我喃喃自語。「這也是一種偶然嗎……」

不論形式為何，拘禁玖渚友的昔日夥伴——兔吊木垓輔的正是接受玖渚家族金援的「墮落三昧」斜道卿壹郎博士，而這位玖渚友的友人兼旅行同行者的我，昔日恩師三好心視老師居然就在這間研究所任職。這麼說來，我們抵達時已是傍晚，不到六小時的時間，包括剛才與春日井小姐的邂逅，我既已見過研究所內的全體成員了。

呿！世上竟有如此倒楣之事。

「……啊啊，我想起來了。」

我在濛濛細雨裡猝然停步。

「說得也是……還不能算是見過**研究所內的全體成員**……」

還差一個人。

這間研究所裡還有另一個人存在的**可能性**嗎？我不知道這個機率有多高，但既然有可能性，我就不能不有所行動。只要是有一點點的可能性，即便數字幾近於零，我亦不能不有所行動。

話說回來，我又為什麼要在三更半夜離開宿舍呢？並非單純因為失眠。是為了與春日井小姐見面？太扯了。我不是異能者，不可能預測到這種偶然。

對了！

我是**為了確認**才離開宿舍的。我想起這間研究所裡還有一個不安定因素，為了確認那是不是我的錯覺，因此到了室外。

「——既然如此，」我緩緩閉上眼，接著睜開。「人間失格再度登場嗎……」

前往第七棟造訪兔吊木時感到的**東西**，甚至現在亦有所感應，一股芒刺在背的感覺。猶如從遠方注視，彷彿從遠方窺探，宛若從遠方觀察，如同從遠方監視，這般令人不適，不知其人為何，黏膩濕漉的氣息。不，甚至稱不上氣息，就像是混濁的氛圍。

這是視線。

「**出來吧**……**入侵者**。或者該稱為零崎愛識嗎？」我低語般地說：「一直在那裡鬼鬼祟祟、躲躲藏藏的太丟臉啦。」

「我既沒有**鬼鬼祟祟**，也沒有**躲躲藏藏**。」

就在正後方。

她真的在我的正後方。相隔數釐米，不，是數微米的距離，她就站在我的身後。兩人間的距離近到別說是呼吸，搞不好連心跳都能聽見，她就如此存在於我的正後方。

「……」

居然……居然在這麼近的位置。

逼近到確實掌控生殺大權的位置，而我卻一無所覺？原本打算突然嚇對方「喂！從哪裡看我的某某人」，反倒害自己的心臟差點從喉嚨裡蹦出來。別說是躍開，就連回頭都做不到。何止如此，整個人因過度驚訝而僵立原地。一直到她主動繞到我的面前，才有辦法確認她的身影。

丹寧布長褲，對女性而言太過帥氣的穿帶皮靴。上半身是粗糙的襯衫，外面再罩著一件下襬長如大衣，跟長褲材質相同的丹寧布夾克。一頭長髮，右右各編了一條麻花辮。應該沒有度數的平光圓眼鏡，以及同樣是丹寧布的鴨舌帽。因為帽子壓得很低，所以無法看見雙眼。

我全身發顫。不，身體甚至沒有顫抖，甚至沒有戰慄，甚至沒有恐懼。完全沒有動搖、錯亂、懼怕，我極度冷靜，不知為何極度冷靜。這種感覺，這種……熟悉的感覺是？宛如面對那位人類最強時的這種感覺是——

雨滴越來越重，甚至難以辨識前方景象，已經變成傾盆大雨了；然而，我置之不理。相較於目前的狀況，這種事根本不重要。若與這種感覺比較，就算這場大雨永不停歇，都是無關緊要的問題。

「『墮落三昧』斜道郎壹郎研究所——」她以突兀的輕佻語氣率先開口。「——話說回來，這裡真像亡者聚集的墓園哪。」

「……」

「你不覺得老人的夢想是世上最醜陋的事？你不覺得嫉妒小孩的老人是世上最可悲的景象？彷彿死後還拽著人世不放的亡靈……醜陋、可悲、可憐、悽慘、卑劣、難看、可哀、令人同情，教人無法目睹。」

「……」

我無法反應。徹底被對方震懾。

「可是，嗯，真是一場好雨。」她對這樣的我嫣然一笑，重新深深壓下帽子，宛如森林妖精般……詭異一笑。

「就像在暗示你的未來，好一場美妙的雨。呵呵，這還真是十全十美。」

「妳是——」

「我的本名是石丸小唄……今後請多指教。」

第二天（1）——延宕的開始

鈴無音音 SUZUNASHI NEON 監護人

10

人不可貌相。
只許以貌取人。

1

雨似乎在沉睡之際停了。

清晨六點。

天空的雲還很多，太陽遲遲不肯冒出頭，但此刻照度已足以讓肉眼辨識風景。我獨自在宿舍頂樓吹風。吹風這話聽起來頗為帥氣，其實只是在屋頂發呆，驅散睡意。

鋪設瓷磚的屋頂有幾處水窪。我一時興起踩水，積水自然濺向四面，浸濕我的鞋子和褲子下襬。我盯了一會兒，終於感到厭倦，將腿抬離水窪。

「——累死了。」

我自言自語，接著用左手慢慢抽出藏在上衣內的小刀。非常薄，簡直薄如蟬翼，似乎亦能用於精密醫學手術的小刀。輕輕揮動就有撕裂空氣的錯覺。

我繼續試揮兩、三下，這是師法美衣子小姐，俗稱反手刀的招式。雖然沒有砍殺對象，這樣揮動刀械也有一種發洩內心鬱悶的爽快感。

「——真不愧是哀川小姐，」我停下動作低語：「這把刀真了不起。」

那個人間失格也未必有這麼棒的刀子吧？因為刀身狹窄，或許不易造成致命傷，但這種輕巧度和順手度確實值得記上一筆。若要加以形容，這就像是新世代匕首嗎？仔細一想，這是哀川小姐送我之後第一次實際揮舞，但總覺得在緊急情況可以派上用場，我暗自點頭，將刀子收入背帶。

就在此時，我突然想到——其實也不一定非得用左手揮刀。我既不是左撇子，也不是右撇子。硬要說的話，頂多只是左手腕力比較強；可是，既然這把刀如此輕巧，換言之就是以速度見長，實在沒有一定要用左手操控的理由。或許應該換成右手，當成一種輔助武器才對吧？而且人類大多是右撇子，這個收納小刀的背帶卻是位於右側胸口的左手專用品，不就證明這把刀正是一種輔助武器嗎？

不僅限於小刀，只要持有凶器，人類意識就很容易集中於該凶器。遭受攻擊者自是如此，就連攻擊的一方亦然；反過來說，只要小心凶器，其實就很安全。

總之就是一種變動。

這把刀雖然銳利，但也不能太過依賴它。我這麼一想，於是褪下夾克，翻過背帶，將刀鞘位置改為左胸。接著收好小刀，穿上夾克。

「——不論擺哪邊，都只是一種自我安慰哪……」

或者是一種休閒活動？

不可否認這句獨白摻雜些許自嘲。這間研究所的異樣氛圍已令我萬分鬱悶，現在居然還有三好心視老師，以及、以及石丸小唄……

石丸小唄嗎？

從哀川小姐手裡接過小刀時，老實說我覺得應該沒機會用這種東西，就算真有機會，在我手裡也派不上用場；可是，這種自我安慰或許是聊勝於無。情況比玖渚友預測的更加嚴重，事到如今恐怕也只能仰賴安慰。

「──你的嗜好還真危險哪，伊字訣。不是墮落三昧，而是刀械三昧？」

背後突然傳來人聲，我詫異回頭。不過我已猜出說話者的身分，站在前方的正是鈴無小姐。她尚未更衣，依舊穿著旗袍。大概是剛起床，她沒戴隱形眼鏡，換了一副黑框眼鏡。

「……早安，鈴無小姐，妳起床了啊。」

「本姑娘天生就跟太陽公公是好朋友，早上都起得很早呢。嗯，早，伊字訣。」鈴無小姐略顯嘲諷地笑笑。「一大早就耍刀？你想參加傭兵部隊？我說伊字訣啊，既然如此，我替你介紹個好地方吧？」

「不用客氣了。」我逃命似地遠離鈴無小姐，靠近屋頂邊緣。「我只是稍微活動活動筋骨，早上的運動很重要嘛。喏，我也快二十歲了吧？在十幾歲累積的疲勞浮現以前，當然要鍛鍊一下。」

「既然要鍛鍊，本姑娘也可以幫忙。要扭打的話，胸部借你也成。」鈴無小姐一臉認真地說：「所以呢？藍藍呢？在哪？」

「……我們又不是成天對對雙雙的。妳可能有所誤解，喏，玖渚基本上是家裡蹲廢柴吧？而且又住在城咲，偶遇率其實很低的。」

「就偶遇率來說，淺野確實高出許多，你們畢竟是鄰居。」

鈴無小姐說完，伸了一個懶腰。從她的模樣判斷，並非猜測我在屋頂才上來，純粹是來做簡單的運動和柔軟操。

「喏，伊字訣。」做完一輪柔軟操，鈴無小姐叨著香菸道：「我當小學生的時候，看過一本挺有趣的書。本姑娘迄今看過的書籍不計其數，但覺得有趣的書前前後後就這麼一本。」

「喔？是怎樣的書？」

「對，要說這本書哪裡有趣，其實是推理小說，全部約有五百頁，可是後半部都是白紙。如此意外的結局真是嚇了本姑娘一大跳呢。」

「這是缺頁吧？」

「可是很有趣喔，真的非常訝異。」鈴無小姐取出打火機，喀啦一聲點燃香菸。動作瀟灑極了，但因為穿著旗袍，不免少了些味道。「……不僅限於小說，電影也一樣。如果知道電影長度是兩小時，就能夠掌握自己目前處於哪個位置。一小時的話，就是在一小時的位置，最後五分鐘的話，就是在最高潮，總之就有一種安心感。若非極度不合邏輯的情節，電影很少會在半途驟然結束。」

「相較之下，人生就截然不同……這是妳想說的嗎，鈴無小姐？」

「有些類似，但不盡相同。」鈴無小姐將一根香菸伸向我，問道：「抽嗎？」我搖頭婉拒。

「總之啊……好比欣賞好萊塢拍的電影，過了一個小時女主角還沒出現、既沒有劫機也沒有劫大樓，甚至沒出現異形，你覺得可能嗎？」

「確實不太可能。」

「好比閱讀推理小說，看了總頁數的一半還沒人被殺，甚至沒出現名偵探，你覺得可能嗎？」

「確實不太可能。」

「相較之下，人生就截然不同了。」鈴無小姐重複我的臺詞。「**差不多該發生事件了，差不多該結束了**，這種預測……或者該說，這種計畫是不可能成立的。好，講了這麼多，差不多該提一下了，喏，伊字訣，你打算對藍藍怎麼樣？」

「……什麼叫打算對藍藍怎麼樣？還真是唐突的問題。」我側頭，假裝聽不懂話題的連續性。「我並沒有打算對她怎麼樣的打算。」

「明明要上課，還一路跟到這種地方，甚至頂撞兔吊木和卿壹郎，你到底在做什麼？」

「雖然是很基本的疑問，但這種事我也不明白。我一點都不想思考自己在做什麼。難道鈴無小姐就能解釋自己做過的每一件事嗎？」

「就算無法解釋，至少本姑娘沒有矛盾。你可別搞混充足理由律（註19）和矛盾律（註20）喔，伊字訣。哈哈，我說的有點太艱深嗎……伊字訣，本姑娘呀，就是不信有男人面對自己心儀的女生仍毫無慾念。」

「……」

我並未回應鈴無小姐的這句話。

「這當然是伊字訣的自由，但你的人生不可能永遠繼續下去。你應該學習稍微依賴別人，否則一定會處處吃虧的。」

「……妳這麼說，好像我是不相信人類的小鬼。」

「你本來就是呀。確實是不相信人類，你從來就沒信過任何人吧？可是，就算這樣，本姑娘還是喜歡你喔，淺野也是疼你疼得不得了。正因如此，那傢伙才向本姑娘低頭，要我當你們的監護人。藍藍更不用提了，她深愛你。這些事伊字訣也明白吧？」

「志人君和兔吊木也是這樣……什麼喜歡討厭的，我又不是小孩子。」

我知道自己不該反駁，我知道鈴無小姐是對的，但我忍不住要反駁。不，這甚至不是反駁，這只是……這才叫小孩子鬧別扭。

「誰能保證只要對方是自己喜歡的人，就絕對不會背叛自己？跟討厭的對象和平相

19 任何事物都有它之所以如此的理由，或者說沒有任何事物是無法解釋的。

20 理則學上指人們不能同時肯定又否定一事物。

處，也不是那麼困難的事吧？妳能不能別再這樣？沒事老扯這些喜歡討厭的，只會讓彼此感到不愉快。」

「又不是食物，談談自己的喜好也無妨啊。」

「人際關係這玩意跟食物一樣啦，有品鑑力的傢伙就能嚐到甜頭。」

「我不相信這是你的真心話。」鈴無小姐毫不理會我的挑釁。宛如應付麻煩小孩，一字一句地對我說：「我突然想到，你該不會出生迄今從沒說過真心話？呃……這……就叫戲言嗎？」

「……」

「我是覺得……你多撒嬌一下又何妨呢？」

「……我什麼都沒說，我天生沉默寡言。」

「喔？是嗎是嗎？原來如此，這就是你的防禦壁啊，或者該說是最後的自尊？若是這樣，還真是廉價的自尊。你或許覺得自己掩飾得很好，但從外面看，其實沒什麼不同喔。」

「這件事能不能就到此為止？」我將目光從鈴無小姐身上轉開。「我現在沒心情聽鈴無小姐說教。我的煩惱已經非常、非常多了，多到微微一傾就會漏出來。因為我有很多事必須思考。」

「很多事啊……比如說藍藍的事啦、自己的事啦、藍藍的事啦、自己的事這些嗎？」

「不行嗎？」

「我沒說不行。雖然沒說，不過確實是這麼想。話說回來，你是不是該多注意一下外界？你現在這樣，跟這間研究所又有什麼不同？」

「什麼意思？」

「豎起這～～麼堅固的牆壁，也不知裡面在搞什麼鬼。喏，伊字訣，我老實說了，我們……總之就是跟你啦、藍藍啦、卿壹郎博士啦，還有兔吊木這種特殊異常系種族不同的普通系人類，我們啊，就怕**莫名其妙的事物**，因為很莫名其妙嘛。」

害怕莫名其妙的事物。

卿壹郎博士對玖渚的恐懼……亦是屬於此類嗎？

「……害怕不知原形的東西是生物共通本能，有什麼好在意的？」

「可是你比較喜歡這種**莫名其妙的事物**吧？從實招來，你最喜歡曖昧不清、模稜兩可的狀況吧？」

喜歡無法理解的事物。

兔吊木垓輔對玖渚的崇敬……亦是屬於此類嗎？

「我並沒有……不是這樣的。」

「你還真是扯謊高手。就算騙得過別人，也騙不了本姑娘的。」

「修行僧說話果然不同。」

「本姑娘是破戒僧，沒在修行，因為沒必要。總之，你喜歡曖昧不清，正因如此，你自己才會站上這種曖昧的立場……可是，偶爾也沒關係，一下子就好，配合我們也無妨吧？」

「別看我這樣，我也有努力配合的。」我說：「可是，我也是有極限的。你們大家似乎都對我抱持過多期待，既然受人期待，我當然也很想回應，但期待若是超越我的能力範圍，我終究無力回應。如果這樣就認定是『背叛期待』，我也很困擾。」

「你這種不上不下的親切性格，到底是什麼鬼東西？」鈴無小姐突如其來地說：「明明討厭人類，卻又想留在人類身旁，根本就是逾越社會容許極限的任性。」

「——這是什麼意思？」

「要是真的覺得一切很煩，像本姑娘這樣歸隱山林不就得了？這對你來說很簡單吧？你一個人也能悠然生存吧？既然是厭世家，就像個厭世家徹底厭世，躲到荒山野地去呀。你可別因為我說這些就認為我很冷酷喔。可是，能夠獨自生存的人，就該一個人活著。堅強的人不都是如此？」

「所以才不容易遇見堅強的人嗎？還真是有趣的邏輯。雖然突兀，倒也不矛盾，原來如此，真有趣。」我裝腔作勢地點頭。「不過，我是軟弱的人，是討厭人類的膽小鬼。」

「伊字訣，你能不能別再這樣？」鈴無小姐模仿我剛才的臺詞。

「這樣是哪樣？」

「這種『我是不良製品，其他人不是』的口吻啦。假裝無能，對你又有何好處？自虐真的這麼舒服？本姑娘也不太中意這種『我是白痴，玖渚是救世主』的想法哪。伊字訣，說教到此結束，你給我過來。」

「妳要做什麼？」

「賞你一拳。」

對方都這麼說了，不可能有人蠢到送上門去。我停在原地，輕輕舉起雙手回答鈴無小姐。「好啦好啦。」鈴無小姐見狀道：「我不打你，你過來。」

聽見她這麼說，我安心走過去。

一拳揮來。

「……好痛耶。」

「壞掉的東西，打一打才會好。」

「煩惱已經多得令我頭痛……妳就饒了我吧。」

「喔——你頭痛嗎？」鈴無小姐猛然揪起我的頭髮。「沒關係啦，這只是一點小擦傷。」

「……」

「喝！」鈴無小姐說完，鬆開我，又朝我額頭賞了一記。力量並不大，我退後兩、三步，停了下來。「至少本姑娘看不出你有這麼軟弱。」

「……怎麼看是鈴無小姐的自由。」

「既然如此，本姑娘就暢所欲言了。你可以獨自過完一生，你就是如此堅強，能夠不依賴他人……可是，反過來說，事實上你也有能力改善自己的人際關係吧？雖然你說自己『有努力配合』……其實你也很清楚吧？你這樣子啊……」

「……」

「在本姑娘來看，不啻是故意失敗。」

四月，被天才們圍繞。

五月，跟同學打交道。

六月，與高中女生對峙。

屢戰屢敗的我。

但這些失敗，真是無可避免的失敗嗎？我難道不是洞悉一切，卻又毅然選擇錯誤之路嗎？

害怕成功，畏懼勝利。

而今七月。

就連在「墮落三昧」卿壹郎研究所——

我也意圖失敗嗎？

「……我去叫玖渚起床。」

我說完，逃亡似地背向鈴無小姐，她也沒阻止我。大概是覺得已經夠了，而這也是正確的。

我已被徹底掏空。

「真是的……」

那個人有夠愛說教。可是，我這個被虐狂也不是那麼討厭挨罵，這或許才是問題所在。

我抵達玖渚的房間，敲敲門，但無人回應，大概還在睡覺。昨晚很早就寢（以玖渚而言），但長途旅行終究會疲倦，玖渚也不是體力好的人。

我靜靜開門，進入房間。玖渚果然在床上沉睡。玖渚的睡姿很差，被子有一半滑落。她一臉慵懶，毫無戒心的表情，嘟嘟囔囔地酣睡。我暗想她真是看似幸福的丫頭。

真是看似幸福的丫頭。

真是看似幸福的丫頭。

可是真的幸福嗎？

我在床邊蹲下。悄悄伸手，觸摸玖渚的藍髮。沒什麼特殊含意的動作，但姑妄試之。玩了一會兒秀髮，接著將手指移向玖渚的臉頰。

「……這麼說來，兔吊木也對我說過類似的話嗎？」

可是。

可是鈴無小姐。

妳不知道我的全部。妳不知道我究竟擁有多少「不能為人道的過去」。妳不知道我是何等扭曲之人，是何等罪孽深重之人。連這些都一無所知的妳，我既不想聽妳的指責，也不想讓妳知道我的全部。
沒什麼了不起，我不相信的不是別人，而是我自己。
「我……還真是憂鬱啊。呿！沒問題嗎……」
我事不關己地嘀咕，手指轉向玖渚的櫻唇。手指描繪似地轉動一圈，接著若有所思地伸向咽喉。手指觸摸頸動脈，接著，感受玖渚友生命的鼓動，接著……
接著，我啪一聲拍打玖渚的臉頰。
「唔咿……咿咿？」玖渚醒了。「……咦？阿伊，唔咕？早咩。」
「早咩。」我再次輕拍玖渚的額頭說：「早上囉。」
「咦……已經早上了？人家好像才睡五分鐘耶。」玖渚搓揉眼皮。「好奇怪喲，最近都睡不飽。」
「大概是過勞，個頭小小還這麼操勞。乾脆來一趟漫無目的的旅行吧？度假之類的，嗯——到蒙古附近，遠離這種危險的地方。」
「聽起來好像不錯……可是人家不要，太辛苦了。」玖渚躍下床鋪說：「幫人家綁頭髮。」我點點頭，抽出纏在手腕的黑色橡皮圈，將玖渚有一點變長的秀髮綁成一束。話說回來，玖渚的頭髮好像變長很多，不知她跟我重逢迄今有沒有剪頭髮？
「小友，妳不剪頭髮的嗎？」
「唔——剪了阿伊就不能幫人家綁頭髮了，這樣有點寂寞咩。」玖渚嘟起小嘴說：
「可是，接下來的季節好像有點熱。」

「妳房間一年到頭都開著冷氣嘛……」我這時猛然想起。「這麼說來，卿壹郎博士和兔吊木那傢伙也說過，妳換過髮型嗎？」

「咦？啊啊，嗯，對呀。」

「喔……」

玖渚上次見到卿壹郎博士是七年前，而最後見到兔吊木是兩年前；可是，跟我重逢時，玖渚跟以前一樣毫無變化。這麼一來，玖渚的髮型變遷又是如何呢？

「好，馬尾完成。」

「謝啦，人家可愛嗎？」

「好可愛好可愛。」

「重新迷上人家了嗎？」

「重新迷上重新迷上。」

「愛不愛人家？」

「好愛好愛。」

我各回答兩次，接著又說：「那麼，要不要吃早餐？先吃點東西，再來腦力激盪吧？」

「也對。」玖渚點點頭，站起身來。「嗯，目前就是要決定該說服哪個——」

「哪個？」我反問。「妳是指兔吊木或卿壹郎博士的其中一個嗎？」

「嗯，因為問題必須一個一個解決呀。阿伊覺得哪個比較容易說服？」

難以抉擇的問題。我一方面覺得兩人不分軒輊，又覺得兩人各有千秋。「單純考量的話，大概是卿壹郎博士吧？」我回答。

「兔吊木那傢伙看起來很悠哉，其實相當頑固。與其說他頑固，或許該說是任性。就任性程度來說，搞不好跟我有得拚。只做順自己心意的事，而且只說順自己心意的話。跟自己無關的事就一副置之不理的態度。我不知那傢伙為何如此堅持自我，但既然如此，卿壹郎博士搞不好還有說服的餘地。」

「對於小兔的考察，除了任性那一點，人家都認為沒錯喲。阿伊看人的眼光也越來越好了耶。可是阿伊，這充其量只是『兩選一』的情況，卿壹郎博士其實也不遑多讓。人家昨天說過了唄？基於一名偉大科學家的信念，賭上一生的偉業……先不管能不能算是偉業，總之這種東西沒那麼容易讓步——」

「這並非單純基於比較論或相對論。方法是有，就算兔吊木行不通，對卿壹郎博士也一定有效。舉例來說，對了，拜託直先生就好了。」

「啊啊……原來如此。」玖渚頓了一下，點點頭。「原來如此……截斷主要資金來源嗎？這麼一來，博士勢必只能釋放小兔……是這個意思？」

「也不用說得這麼露骨嘛。輕輕威脅一下即可。這效果夠強了吧？」

話說回來，招待三名局外人到這種進行極機密研究的場所，原是萬萬不可之事；然而，博士之所以容許玖渚的**入侵**，我認為這就代表博士對玖渚家族的畏懼。

當然，拜託直先生——玖渚直截斷對這間研究所的資金來源，實際上是不可能的吧？這是我所無法干涉的龐大事業之一環，縱使是玖渚家族直系，貴為機關祕書長的直先生，這也不是他能妄下斷語之事，況且直先生也不是憑個人情感行事的好好先生。絕非薄情，但直先生也不是特別博愛的人。

但這種方式的脅迫，**正因為實際上不會執行**，才有效力。

「就算不借用直先生的力量，也有其他手段。小豹……跟兔吊木不合，沒辦法嗎？就算小日也沒辦法好了。可是，『破壞行為』也不是兔吊木的專利吧？妳以前不也有些名號，想做的話也辦得到吧？既然如此，『不**解僱**兔吊木的話，就破壞這間研究所的一切成果』這種脅迫也是可行的。既然有研究內容，就算是這種深山，照理說也有網路吧？博士自己應該也很明白，一點點……不，任何銅牆鐵壁對『集團』都有如廢紙。」

「喔，原來如此……不過這種方法好像很卑鄙耶。」

「提不起勁嗎？」

「唔——不是這個意思，只是沒想到阿伊會說這種話。」

「我基本上就是小人。」我輕輕點頭。「這種事妳早就知道了吧？」

「不是這個意思，人家是指阿伊很少會在人家面前暴露自己小人的一面。」

「咦……真的嗎？」

「難不成昨晚發生了什麼事？」

玖渚並非窺探，而是茫然若失地問我。這丫頭對重要事情總是特別敏銳。因為莫名其妙，所以更加刺人。「什麼都沒發生。」我搖搖頭說。

「只是我還得上學，又要打工，所以想趕快結束這些事。只是這樣，真的只是這樣。」

「喔，聽起來好假咩。」玖渚給我一個極度不信任的眼神。「阿伊就像呼吸一樣愛說謊，想相信時卻無法相信的朋友也很傷腦筋哩。」

「真的啦，我沒騙妳。」

「沒關係，無所謂。既然是阿伊說的，即使是謊言，人家也相信呀。」

「……嗯，不過剛才那是終極手段……或者比較接近最後手段。在不得不借用玖渚家族和前『集團』的力量以前，還是必須跟博士正面交鋒。就戰略而言，這未必行得通。」

而最大的問題點，就是不知能否跟那個卿壹郎博士相互欺騙、相互詐唬，最後取得勝利。玖渚又是這副模樣，在討價還價和談判交涉上完全派不上用場，就各種意義來說，都是派不上用場的極品。既然如此，現在只能靠本人使出戲言玩家的招術，可是目前我手頭上的王牌少得可憐。這就像對方有三條二（full house），而我選擇不換牌，想憑虛張聲勢贏牌。就算是站在偏心的立場，勝率至多三成五吧？換言之，是跟大聯盟選手不相上下的打擊率。這麼一想，倒也不算太壞，但現實問題是——沒有梭哈高手會在這種勝率出戰。

「也對，這方面就跟音音一起好好商量唄？」

「是嗎？」

我將手放在玖渚的頭頂，接著離開玖渚的房間，直接前往鈴無小姐的房間。敲門後打開房門，眼前景象令我大吃一驚。

房間裡有三個人。

其中一人當然是鈴無小姐。她已將旗袍換成全黑套裝，黑框眼鏡也不見了，似乎已經換成隱形眼鏡。鈴無小姐一臉苦惱地倚著牆。

其餘兩人的其中一人我也認識，但沒想到會在這裡出現的臉孔——根尾先生坐在床舖上；然而，那個人的嘲諷氣息完全消失，跟鈴無小姐同樣一臉苦惱。

「咦？」而最後一人，是我第一次見到的臉孔。禿頭……不，根本就是剃光頭，猶如電影裡登場的可疑中國人，戴著一副黑色太陽眼鏡。五官英挺，但那個髮型（不知該不該這麼形容），加上木木然的神色，外貌足以讓觀者湧起戒心。身材高䠷，猶如時代劇裡登場的舞臺演員。既然對方身穿白袍，想必是這裡的研究員，可是……

「……咦……？」我明明已經見過這間研究所的所有成員。既然如此，這個禿頭男又是誰？到底是誰呢？小豹的情報不可能有誤，所以說，這個大模大樣地坐在根尾先生旁邊的男人是……

「早。」根尾先生向杵在門口的我打招呼。「昨晚睡得好嗎？」

「……嗯啊……雖然稱不上一夜到天明。」我困惑地點點頭。「——嗯，但也不勞費心。」

「那就好，對了，你來得正好呢。」根尾先生嗤嗤笑道。但就是少了原本的輕佻，多了一分沉重。「我正想去叫你，是吧，神足先生？」

「我不知道。」美男子簡短回應。

咦？根尾先生……剛才……好像……

「神足先生？」

「……」

我忍不住指著他。「沒錯。」謎樣美男子不悅地盯著我說：「怎樣？我怎麼了？」

我向後退一步，結果撞上站在我後面的玖渚。因為玖渚看不見房內情形，只發出動物般的怪哼聲：「唔嚕？」

神足雛善先生。之前明明罩著猶如小說裡登場的妖怪般的頭髮和長鬚。我實在無法若無其事地面對這個狀況。

「……為什麼？咦？咦咦咦？呃……對不起，我有點混亂。」

「是你叫我剪頭髮的。」

神足先生以獨特的低沉聲音說。態度依舊冷淡，儘管外表彷彿換了一個人，但一聽就知道他確實是神足先生。將那頭亂糟糟的長髮全部剪掉……不，是剃光，就連鬍子都剃了嗎？莫非是因為我的那句話？

「其他還有什麼理由？」神足先生簡短回應。「對自己的發言負起責任。」

「……」

嗚哇哇……

我……並沒有這個意思啊……

雖然困惑，我還是告訴他：「現在這樣比較適合你，很帥氣。」這是當然的，就算不適合他，我也不至於沒神經到說出：「不，還是原來那樣比較好，剪了真是失策。」神足先生對我的誇讚毫無反應，默默移開目光。

我轉向鈴無小姐，她一副「真是敗給你了」的神情看著我。嗯——看來她也是無言以對。

「哈哈哈，哎呀，真是嚇死我了。」根尾先生啪一聲在胸前擊掌，接著說：「沒想到神足先生長得如此俊美。據說女人剪頭髮就變了個人，想不到咱們男人也是。今天早上真是嚇了我一跳，真的嚇死人。我要是剃光頭，搞不好也會變成俊俏美型男咧。」

「不可能。」

兩人的對話模式跟昨天如出一轍，除了根尾先生後面嘀咕的那句：「……真是的，要不是這種狀況，真要笑出來了。」

「……這種狀況？」我重複根尾先生的臺詞。「這種狀況是指什麼？難道發生了什麼事嗎？」

「第六感很靈嘛，ER計畫的小留學生。」根尾先生說：「咱們剛才正在跟美麗的小姐講這檔事哪，就是這檔事。」

我聞言再次轉向鈴無小姐，「沒錯。」她點點頭。「伊字訣，非常……該怎麼說才好？總之情況變得十分麻煩。」

「十分麻煩嗎？」

這是怎麼一回事？根尾先生和神足先生一大早特地跑到宿舍來的「麻煩事」。既然如此，鐵定跟卿壹郎博士或兔吊木有關……不，還是昨晚的事？那件事被誰看見了嗎？我邊想邊摸臉頰。

「……」

呃……可不是被春日井小姐伸舌**舔拭**的那一邊喔。

「對，」鈴無小姐頷首。「你記得你二月左右剛搬來公寓時，跟淺野感情變好的那個契機吧？差不多就那個感覺……不，**比那個更厲害**。」

「……**比那個更厲害**嗎？」

我實在無想像這種狀況。

我將目光轉回根尾先生。

「唉。」根尾先生嘆了一口氣，從床上站起來。

「那麼，有道是百聞不如一見……咱們先去第七棟嗎？」根尾先生抓抓頭，越過我身旁。「我今天可是第一次去那裡……第一次竟是如此？這也算是宿命嗎？」

「第七棟……這麼說是兔吊木先生有什麼——」

我還沒說出「意外嗎？」這三個字以前，「總而言之啊，」根尾先生稍稍恢復原本的調調，裝腔作勢地說：「在下必須向諸位報告一件非常不幸之事——就是這樣吧？」

2

這是魂牽夢縈的景象。

經歷無數次的景象。

我看過這種景象太多次，多到足以神經麻痺，思考停止。上個月，上上個月，以及上上上個月都曾親眼目睹；然而，這個房間裡所呈現的景象，也教我不禁為之戰慄，甚至為之感動，為之興奮。

——不，應該說是「被呈現」嗎？

這種作風顯然是為了供某人觀賞。

這種作風分明是為了賣弄。

「——兔吊木、垓輔……」

兔吊木的身體被釘死在白色的牆壁上。

宛如殉教者——我無法如此形容那副模樣。不論是從哪個角度看，兔吊木的身體都沒有那麼苟且隨便。言語潤飾毫無意義，這不過是……充其量只是一具慘遭屠殺的屍體。除了慘遭屠殺的屍體之外，什麼都不是。這種東西……如此絕對的東西，除此之外又該如何形容？

「……」

那雙眼，那雙笑咪咪，但深處張牙舞爪般的那雙眼不見了。原本收納眼珠的兩個眼窩，此刻插著一把不鏽鋼剪刀。刀刃半開，左右分別貫穿雙眼。幾乎一刃到底，刀尖恐怕既已抵達腦髓。

當事人死亡一事已經再清楚不過，但事情並未就此結束。

首先是嘴巴。

放蕩不羈地張開，甚至感受不到絲毫生命氣息，放肆大張的嘴巴裡，插著一把只能以粗獷一詞形容的刀子；相較於它的粗獷，此刻藏在我胸口的小刀猶似玩具。這把刀亦如眼窩的剪刀般深深沒入，貫穿咽喉，直抵後方牆壁。而這把刀，正是將兔吊木釘在牆上的鐵楔。

接下來是胸口。

就像接受心臟手術，肌肉和胸骨都被割開，人類的內容物從**那裡**露出。教人不忍目睹的景象在裂口隱約可見。彷若在提醒世人，人類乃是血肉之軀，好像昭告眾生，人類不過是塞滿穢物的臭皮囊。

腹部。

心臟部位的傷口一路延伸至肚臍附近。因此，窄小皮囊裡的內臟器官、消化器官都從中解放垂落。黏呼呼、滑溜溜地，褐色肉管爭先恐後似冒出頭，強烈的味道甚至飄至我們的站立處。即便是討厭蔬菜的小朋友，看見這番景象大概都有好一陣子不敢吃肉，更別說是肝臟一類。厭惡感更勝於恐懼心。

雙腿。

早已看不出原本形狀，折得**七顛八倒**。到處都是戳出來的骨頭，實在不忍正視。被害不止於此，正如嘴裡的鐵楔，大腿兩側也各插了一把寬刀，就在大腿正中央。換言之，那不但刺穿肌肉，甚至戳碎骨頭。嘴裡一把，左右大腿各一把鐵楔。是故，兔吊木的身體宛若浮在半空。

釘死在牆上。

渾身浴血的兔吊木垓輔。

唯獨白髮、掉落腳畔的橘色太陽眼鏡，以及染成大紅色的白袍在宣告**這就是他**，兔吊木的肉體既已脫離原始形態。

而讓**這東西**更加詭異的是——

這個肉體**沒有雙臂**。彷彿被某種東西擰下，肩膀以下的部分完全消失。這讓兔吊木看起來更不均衡，而且極不自然，筆直垂落的白袖子，越看越是噁心。

亂七八糟，真的是亂七八糟。

先別管什麼殘酷、非人道，根本無法理解這個行動、這個景象有何意義。肢解屍體尚能理解，然而將一個人類的肉體破壞至斯，破壞、再破壞的行為，到底有何意義？

釘死在牆上。

室內地板鮮紅一片，不用說正是兔吊木的血。其中一部分既已開始乾枯，氧化變黑。猶如將兔吊木體內的血液盡數擠出的慘狀。

可是相較於地板，更引人注目的還是兔吊木的半毀身體……以及背後的牆壁。背景的白色牆壁上，早已無法稱為白色的那面牆壁上。

書寫著**血字**。

宛如裝點兔吊木垓輔肉體的最終修飾，宛如襯托這番景象的最後點綴，巨大的血字書寫出一段句子。

想當然不是死者的留言，這顯然是創造這番景象的犯人……對，這是犯人的留言。

龍飛　舞，甚難辨識，勉強可以解讀其內容。這是英文草書。

You just watch,「DEAD BLUE」!!

「……」

靜觀其變吧，玖渚友。

我。

我轉向玖渚，看著站在我身旁的玖渚。

然而，我頓時又全身僵硬。

玖渚友。

注視眼前的這番景象。

注視自己的昔日夥伴，自己前來拯救的友人，昨日剛重逢的人類被釘在牆上。瞳孔裡映照著雙眼貫穿、嘴部剜開、胸口刨開、腹部裂開、雙腿刺穿、雙臂遺失、釘在牆上的兔吊木垓輔「害惡細菌」。閱讀犯人寫給自己的留言。

她笑了。

玖渚友輕輕笑了。

露出欣喜不已，彷彿尋獲渴望已久的事物，彷彿得到急切渴求的物品，天真無邪，活潑可愛，難以言喻的笑容。

猶如對這番景象感到傾心。

猶如對這番景象感到安心。

猶如對這個場景感到陶醉。

這確實是我不認識的玖渚友。

我所不認識的「死線之藍」。

我不認識這種東西。

跟卿壹郎博士對話時。

跟兔吊木重逢時。

都比不上此刻。

我這時終於慢慢開始理解，昨日嘴裡還沒插著刀子的兔吊木那番言論的真意，熟知我所不認識的玖渚友的那個男人那席話的真意。

還要一點時間才能全部理解，但開關這時確實已然啟動。宣告本人和玖渚友之間延宕的開始，開關在六年後再度啟動。開始的終結並非終結的開始，到頭來仍是開始的終結。至於之後終結是否會開始，在結局尚未終結以前，都是未知數。所以——

死線和細菌，宛若相互凝視地佇立在那裡。

to be continued.

後記——

很抱歉一開始便引用夏目漱石的《三四郎》中，施萊格爾曾提到的想法：「凡被稱為天才的，必定整天悠閒度日，既無目標，也不努力。」雖然這話不曉得是稱讚或貶抑天才，但從外部來看，天才這種人大多看起來是如此，令聞者也相當認同的格言。也就是說，人類這種生物本來就有「既無目標，也不努力」的傾向，感覺天才只是單純包含在這個範圍裡。只不過，所謂的凡人與天才在「整天悠閒度日」上的定義完全不同吧。腦袋空空什麼都不想的「整天悠閒度日」，和耽溺於苦思的「整天悠閒度日」，意義截然不同，這部分和目的或努力等一切無關，實際回顧歷史，被稱為天才的人類的行為舉止，其實和凡人的行為舉止其實並無二致。傳記裡頭會描寫那些「天才」的奇特行為，以及波瀾萬丈的人生，但傳記之外的他們和她們，其實是普通到令人。日復一日的新發現或紛爭無法活下去也是理所當然，反過來說，即使是普通人，人生中其實也常發生一、兩樣奇奇怪怪的事。換言之個人所經驗到的人生本身並無二致，儘管如此，腦中是另一個世界——波瀾萬丈混亂氾濫不是因為天才的人生或生存樣貌，而或許是精神世界的話題。然而，只要是從外部來看，天才看起來果然只是「整天悠閒度日，既無目標，也不努力」。

本書裡被稱為天才的人類有三：玖渚友，斜道卿壹郎，以及兔吊木垓輔。玖渚友是犯罪者，斜道卿壹郎是老禍害，兔吊木垓輔是破壞專家。懂的人會有懂的邏輯，不懂的人是不懂的邏輯，她犯罪，他老而成為禍害，他破壞而毀滅。然而真正的狀況或許，懂或不懂都與天才與否毫無相關，或許只是他們是否在故事中達成他們該盡的義務而已。戲言系列（第四彈）《絕妙邏輯（上）兔吊木垓輔之戲言殺手》就是這樣的感覺。理所當然，有上集就會有下集。

依慣例本書付梓之際也深受插畫的竹老師和講談社文庫出版部的鼎力幫忙，在此致上深深的謝意。本系列也終於通過折回的地點，請各位讀者今後也請多多指教。

西尾維新

浮文字

絕妙邏輯上 兔吊木垓輔之戲言殺手

（原名：サイコロジカル（上）兎吊木垓輔の戯言殺し）

作者／西尾維新　插畫／take　譯者／常純敏
發行人／黃鎮隆　副總經理／陳君平
副理／洪琇菁　國際版權／黃令歡
執行編輯／呂尚燁　美術編輯／李政儀
企劃宣傳／邱小祐
發行／英屬蓋曼群島商家庭傳媒股份有限公司城邦分公司　尖端出版
台北市中山區民生東路二段一四一號十樓
電話：（○二）二五○○—七六○○（代表號）
傳真：（○二）二五○○—一九七九
中彰投以北經銷（含宜花東）／楨彥有限公司
電話：（○二）八九一九—三三六九
傳真：（○二）八九一四—五五二四
雲嘉經銷／威信圖書有限公司　嘉義公司
電話：（○五）二三三—三八五二
傳真：（○五）二三三—三八六三
客服專線：○八○○—○二八—○二八
南部經銷／威信圖書有限公司　高雄公司
電話：（○七）三七三—○○七九
傳真：（○七）三七三—○○八七
一代匯集／香港九龍旺角塘尾道六十四號龍駒企業大廈十樓B&D室
電話：（八五二）二七八三—八一○二
傳真：（八五二）二七八二—一五二九
馬新經銷／城邦（馬新）出版集團　Cite(M)Sdn.Bhd.
E-mail：Cite@cite.com.my
法律顧問／王子文律師　元禾法律事務所
台北市羅斯福路三段三十七號十五樓
二○二○年八月二版一刷

■中文版■

郵購注意事項：
1. 填妥劃撥單資料：帳號：50003021戶名：英屬蓋曼群島商家庭傳媒（股）公司城邦分公司。2. 通信欄內註明訂購書名與冊數。3. 劃撥金額低於500元，請加附掛號郵資50元。如劃撥日起 10～14日，仍未收到書時，請洽劃撥組。劃撥專線TEL：(03) 312-4212 ・ FAX：(03) 322-4621。E-mail：marketing@spp.com.tw

國家圖書館出版品預行編目資料

絕妙邏輯上 兔吊木垓輔之戲言殺手 / 西尾維新 著；
譯.--1版.　--臺北市：尖端出版，2020.08
面；公分.--（浮文字）
譯自：サイコロジカル 上 兎吊木垓輔の戯言殺し
ISBN 978-957-10-8935-5

861.57　109004978